社会叙述理论视角下的沂蒙题材文学英译与传播研究

孙美玮　著

山东大学出版社
SHANDONG UNIVERSITY PRESS
·济南·

图书在版编目(CIP)数据

社会叙述理论视角下的沂蒙题材文学英译与传播研究/孙美玮著. —济南:山东大学出版社,2022.11

ISBN 978-7-5607-7687-3

Ⅰ.①社… Ⅱ.①孙… Ⅲ.①中国文学-英语-文学翻译-传播-研究 Ⅳ.①H315.9②I206

中国版本图书馆CIP数据核字(2022)第240620号

策划编辑 刘森文
责任编辑 孙艳凤
封面设计 王秋忆

社会叙述理论视角下的沂蒙题材文学英译与传播研究
SHEHUI XUSHU LILUN SHIJIAO XIA DE YIMENG TICAI WENXUE YINGYI YU CHUANBO YANJIU

出版发行 山东大学出版社
社　　址 山东省济南市山大南路20号
邮政编码 250100
发行热线 (0531)88363008
经　　销 新华书店
印　　刷 济南乾丰云印刷科技有限公司
规　　格 880毫米×1230毫米 1/32
　　　　 6.75印张 203千字
版　　次 2022年11月第1版
印　　次 2022年11月第1次印刷
定　　价 48.00元

本书为山东省社会科学规划项目“文化自信视阈下的沂蒙题材文学海外传播现状及策略研究”(19CYMJ21)阶段性成果。

前言

中华文化博大精深，不同地域、不同时代的文化形态呈现各自的特点，在相互融合的同时，也需要同世界各国加强交流，扩大宣传。习近平总书记在主持十九届中央政治局第三十次集体学习时强调：讲好中国故事，传播好中国声音，展示真实、立体、全面的中国，是加强我国国际传播能力建设的重要任务。要将符合世界文明发展趋势、符合各国文化发展需求的价值观和精神对外传播，让世界进一步认识到中华文化的伟大、优秀。文化自信不是盲目坚持中华文化，把中华文化强加给国际社会，而是在坚持中华优秀传统文化的同时，让自己的话语文化去适应国际话语文化，学会特定学科领域里国际规定的话语方式和语气措辞，这才是衡量国际传播能力的标准。

文学作品的传播经历了口头传播、表演传播、文字传播、印刷传播、组织传播、影像传播、网络传播七个传播阶段或传播形式。口头传播最初是以语言传播为特征。在国内外文学经典中，有不少作品经历了漫长的口头传播阶段，直到文字产生之后，才借助文字或声音等转变为文本的形式，得以传播和保存。第二个传播阶段是表演传播，主要采用演唱或者吟诵等传播形式，靠“传诗人”进行传播。第三个传播形式是文字传播，它不再像口头传播一样受限于时间和空间，可以使文学作品长久地保存下来，极大地促进了文学经典的传播。随着活字印刷术的产生，文学经典得以广泛传播。随着科学技术的发展，使得“团体”这一概念明晰。一些文学社团、文学流派、出版机构等组织应运而生，促进了文学作品在各个时期的传播。20世纪初，许多文学作品以电影改编的形式获得关注，文学作品尤其是文学经典从此有了新的传播形态，即影像传播。20世纪后期，随着科技的发展，网络传播以计算机网络为平台，通过图像扫描、文字识别等信息处理技术，将纸质文学电子化，使之便于携带、阅读和传播，而文学作品就是网络传播的重要资源。

中国文学作品对外传播形式与其翻译活动和实践是密不可分的，可以说没有文学翻译就没有中国文学作品的对外传播，也没有外国文学经典作品在中国的传播。文学作品正是在翻译过程中获得再生和传播。唐朝语言学家贾公彦在《周礼义疏》中提到“译即易，谓换易言语使相解也”，这句话的意思是，翻译就是把一种语言文字转换成另外一种语言文字，以达到彼此沟通、相互了解的目的。[1]翻译具有信息传达的作用，同样也具有文化传承的功能。文学翻译是一门艺术，也是一门科学，文学翻译不是逐字逐句的机械的语言转换，它需要译者根据原作的内涵，通过自己的再创造，用另外一种语言再现原作的真实风貌。

沂蒙文化是中华民族传统文化的重要组成部分，也是世界文化的一部分，沂蒙文化与齐鲁文化密不可分，同时又具有自身的地域特征和发展的独特性。沂蒙题材文学承载着沂蒙地区的传统文化和历史底蕴，承载着地方文学经典的文化功能和艺术魅力。

本书从社会叙述理论视角研究沂蒙题材文学的英译与传播，并通过中西方文学的比较对沂蒙题材文学的英译和传播进行探讨，研究翻译活动中各个要素在沂蒙题材文学英译中的作用以及社会叙述理论视角下的沂蒙题材文学英译原则和策略。本书利用社会叙述理论，深化与提高当下沂蒙题材文学英译与传播研究成果的水平与质量，并通过一系列问题的探讨，深化、完善英译和传播的现有成果。从总体上看，现有沂蒙题材文学英译和传播的研究成果还远远不够，不少成果都是一般性介绍，综合性的研究成果较少。

本书的创新之处在于这是一项关于社会叙述理论视角下的文学译介与传播的综合研究。具体表现为以下两点。第一，本书将研究与应用紧密结合，保证了对

① 参见吴笛主编：《外国文学经典生成与传播研究》，北京大学出版社2019年版，第8页。

研究成果的有效利用。整个研究以对理论问题和现实问题的探索为基础，以国内外沂蒙题材文学译介研究以及传播的历史与现状分析为依据，从社会叙述理论视角探讨沂蒙题材文学英译与传播策略，以有利于中国文学走出去为研究目的，是研究理论与应用对策研究有机结合的综合性基础研究。第二，本书将社会叙述理论与文化传播理论有机结合。在对社会叙述理论视角下沂蒙题材文学英译与传播的原则与策略的研究过程中涉及了文化传播理论、读者接受理论等，从而让沂蒙题材文学走出去，使其得到更加有效的传播。沂蒙题材文学的传播研究不能局限在语言转换的层面，必须拓展研究的思路和视野，从社会和文化语境出发进行研究。

本书在编写过程中，得到了很多领导、专家和同事们的关心、支持，在此一并表示感谢。本书虽几经修改，但由于编者能力有限，不足之处在所难免，敬请专家和读者批评指正。

孙美玮

2022年10月

目　录

第一章　社会叙述理论综述

“社会叙述理论”是由英国学者蒙娜·贝克（Mona Baker）在《翻译与冲突：叙述性阐释》（*Translation and Conflict: A Narrative Account*）一书中提出的翻译研究新视角。她把翻译放在社会语境下进行研究，认为翻译受到社会背景、各类叙述的影响。贝克将翻译放在了超越文本的更广阔的视野中进行研究，从而看到了翻译在社会叙述中的作用以及如何影响翻译获得。该研究是西方人文社会科学向社会学转向的产物，更是西方翻译研究向社会学转向的产物。社会叙述理论将翻译活动放在更宽阔的社会背景下研究、审视，使翻译跳出了语言的藩篱，跨越了文化的语境。

本章将对社会叙述理论进行概述，阐述翻译中的叙述构建，并分析社会叙述理论的意义和局限性。

第一节　社会叙述理论概述

社会叙述理论是贝克综合认知学和社会学而提出的叙述理论，阐述了翻译活动作为一种叙述行为已经成为导致文化冲突的原因之一。她在其专著的开篇说明了“翻译与冲突:叙述性阐释”这一名字的由来。在贝克看来，无论我们身在何处，从事何种活动或职业，生活于什么样的文化里，我们都可能会卷入冲突的环境中。这种冲突跨越了国界，不断冲击着我们的灵魂。从冲突中的翻译作用出发，贝克将翻译放在了叙述中进行阐释，从而看到了社会叙述和翻译是如何相互影响的。

一、叙述的定义和分类

贝克认为，在冲突的背景下，翻译在传播叙述和抵制叙述中起到了至关重要的作用，叙述“构成了产生、维持、调解和代表社会组织各级冲突的关键手段”[①]。

贝克所谓的“叙述”不是文体学意义上的叙事，它比文体学意义上的叙述更加宽泛。文学叙事被视为认识

① M. Baker, *Translation and Conflict: A Narrative Account*, London and New York: Routledge, 2006, p. 3.

自我和社会的基本方式[1]，被赋予了浓重的社会认识论和本体论色彩。经典叙事学旨在建构叙事语法或者叙事诗学，研究叙事作品的构成成分、结构关系及运作规律等内容，并探讨同一框架内的作品结构的差异，将研究视线转向作品结构特征与读者阐释的相互作用的规律，探讨具体作品的意义，注重跨学科研究，关注作者、文本、读者与社会历史语境的交互作用。虚构叙事是更加高级的语言结构，它对一个或者一个以上的虚构事件作出叙述，将人物和事件同情节联系起来，采用描述性而非规定性的叙事分析方法，拒绝将小说的形式和内容分开，对小说文本的创作守则或法则持怀疑态度。文学叙事的本质在于其虚构性，人物、时间、空间、事件等要素以叙事者的视角组织成情节，用文字符号的形式感染读者，引导读者解读作者通过虚构叙事意图表达的思想。虚构绝不仅仅存在于文学创作中，而是普遍存在于人类的一切活动中。[2]由于历史的断层，创作者会在社会历史生活的基础上，通过缝补、挪移和创造补足缺失的情节。

贝克所指的“叙述”在某种程度上等同于福柯(Michel Foucault)的“话语”，是社会学与交际理论中的

① M. R. Somers, “The Narrative Constitution of Identity: A Relational and Network Approach”, *Theory and Society*, vol. 23, no. 5 (1994), pp. 605-649.

② 参见林燕平、董俊峰:《英美文学教育研究》，上海外语教育出版社2006年版，第2页。

"叙述"。贝克对叙述理论进行了全面的梳理,将叙述分为本体叙述、公共叙述、集体叙述、概念叙述和主导叙述。本体叙述是指个人叙述自己在世界上的地位和故事。在翻译的过程中,译者要注意本体叙述的特点,尽量缩小本体叙述与公共叙述之间的差距。集体叙述是指社会成员的反复叙述和长期讲述。公共叙述指的是社会机构之间传播流通的故事,译者在其中发挥着重要的作用。公共叙述实际上属于社会学的范畴。概念叙述是指各个领域的学者针对自己的研究目标,向他人所做的说明,每一个领域都有自己的一套叙述体系。在翻译过程中,译者应该像公共叙述的那样,保证翻译的作品不会被误读。[①]对于主导叙述,贝克引用了萨默斯(M. R. Somers)提供的概念:"主导叙述就是我们充当历史的当代行动者……展示进步、衰退、工业化进程、启蒙等的叙述。"[②]这种叙述可以指具有史诗意义的故事,这些故事与社会最深层的价值相关,如资本主义中个人与社会的矛盾、野蛮与文明的冲突等。由于主导叙述有多种形式,并且受政治和经济的影响,因此在翻译过程中,叙述如果不能跨越文化的界限,就无法发展成主导叙述,也就难免会被读者误解。

① 参见彭萍:《社会叙述理论与京剧英译和传播》,中译出版社2019年版,第49页。

② M. Baker, *Translation and Conflict: A Narrative Account*, London and New York: Routledge, 2006, p. 44.

二、叙述的特征

叙述的核心特征包括历时性(temporality)、关联性(relationality)、因果情节性(casual emplotment)和选择性采用(selective appropriation)。历时性是指叙述里的元素都是按一定的时间顺序排列的,这种顺序能够表达一定的含义。翻译人员在翻译的时候必须考虑到叙述的历时性,因为同一个内容在不同的时间顺序中,所表达的含义也可能存在不同。在不同的文化背景下,对于时间的不同观念也会给同一文本注入不同的含义。关联性是指在叙述中的每一个事件都必须在大环境中进行解读。在翻译过程中,译者必须重构新的叙述,重构新的时空背景,对已经形成的叙述进行重新修饰和解释。因果情节性是指叙述者必须能够清楚地解释事件的因果,并从中提炼出自己的观点,并不只是简单地罗列这些事件。在翻译过程中,译者可以通过轻微的变动,产生累积效应,来均衡原文中的叙述元素。选择性采用这一核心特征在翻译中的应用在于译者要对纷繁复杂的事进行选择,尤其是在政治以及冲突的背景下的翻译。叙述的四个核心特征,既相互联系又相对独立。

叙述除了以上四个核心特征之外,还有特殊性(particularity)、体裁性(genericness)、规范性(normativeness)和累积性(accrual)等其他特征。特殊性是指在叙述过程中要对特定的事物和事件赋予特定的内涵。此特性在故事的基调和情节中得以具体体现,使得故事的基调同样以特别的方式影响人们对事件和话语的解读。

在社会叙述理论中,贝克把体裁分为文学体裁和非文学体裁。在社会生活中由于特定体裁的描述或特定参与角色的方式,会因为文化的不同而不同,所以不同角色的人使用的体裁也不相同。因此在翻译过程中,译者使用何种体裁进行翻译,首先要认识到体裁的具体形式,然后根据具体的语境,阐述特定叙述的作用。例如:

皎洁的月光装饰了春天的夜空,也装饰了大地。夜空像无边无际的透明的大海,安静、广阔而又神秘。繁密的星,如同海里漾起的小火花,闪闪烁烁的,跳动着细小的光点。田野、村庄、树木,在幽静的睡眠里,披着银色的薄纱。山,隐隐约约,像云,又像海上的岛屿,仿佛为了召唤夜航的船只,不时地闪亮起一点两点嫣红的火光。

(吴强《红日》)

Pure white moonlight made the sky beautiful this spring night and also the earth beneath it. The night sky was like an unbounded translucent ocean, tranquil, vast and mysterious. A myriad clustering stars flashed and sparkled in minute pulsing points of light, like tiny glimmers breaking the surface of the sea. The fields and the hamlets and the trees lay silently sleeping covered with a thin mantle of silver. On the hills, dimly seen in the distance like clouds or like islands in the sea, a point or two of cheerful red firelight flashed out from time to time as if to backon to ships sailing through the night.

（巴恩斯　译）

上文节选自吴强的《红日》，译者巴恩斯（A. C. Barnes）比较忠实地翻译出了原文的语境，使原作和译作的体裁对等。再如傅东华在翻译美国小说《飘》（*Gone with the Wind*）时觉得译这样的书与译古典小说究竟两样，所以不必字真句确地译。[①]于是他在翻译时，把人名、地名都中国化了，在对话方面也力求译得像中国话，把很多幽默、尖刻的成语都用汉语中的成语代替，还把一些对情节发展没有多大关系的、使读者厌倦的描写和心理分析整段删除了。毫无疑问，傅东华的译作达到了他追求的目标，吸引了广大的中国读者。

在叙述的过程中，如果希望叙述能够完全被人理解，就要遵循规范性。规范性是所有叙述的固有特征。由于社会历史文化环境中价值观念的差异，翻译活动会表现出一些规律和一些为大家所接受的规定或内在化

① 参见傅东华：《飘》，浙江人民出版社1979年版，“《飘》译者序”，第3～4页。

的限制。贝克在分析当代非英语文学作品的翻译时发现，在法语、日语和阿拉伯语三种文本的翻译中，日语文本对翻译的外来词的容忍度高于法语和阿拉伯语，由此可以看出翻译规范因社会文化的不同而大相径庭。规范性研究的重点不是对翻译本身作出价值判断，而是调查一定社会文化语境中有关翻译的陈述的评价尺度(evaluative yardstick)。[①]规范理论从根本上否定了规定性传统的对等概念，不是将对等作为翻译的前提或者标准，符合标准的就是翻译，不符合的就不是翻译或不是好的翻译，而是对等只代表译文与原文的关系，它随规范的变化而变化，不同文化和不同时期可能有不同的对等概念。对于原文不完整的句子和别扭的、奇特的句法结构，往往以简单句来替代。在文学翻译的过程中，不仅仅是两种文字的转换，在转换过程中必须遵循规范性。以李清照的《声慢慢》为例：

寻寻觅觅，
冷冷清清，
凄凄惨惨戚戚。
乍暖还寒时候，
最难将息。

有人把它翻译成：

Seek, seek; search, search;

---

① 参见廖七一：《翻译研究：从文本、语境到文化建构》，复旦大学出版社2014年版，第59页。

Cold, cold; bare, bare;
Grief, grief; cruel, cruel grief
Now warm, then like the autumn cold again,
How hard to calm the heart!

虽然,该译文体现了内容和形式的完美结合,具备了艺术的特质,也表达了原作者的情感,但是这个译文不具备规范性。以下为许渊冲的译文:

I look for what I miss,
I know not what it is,
I feel so sad, so drear.
So lonely, without cheer.
How hard is it
To keep me fit.
In this lingering cold!

这个译文体现了原作的词汇效果、想象效果及音律效果,更好地再现了原作的意境。许译文比第一个译文的可读性更强,组织结构也更加连贯。再比如海明威(Ernest Miller Hemingway)的《老人与海》(*The Old Man and the Sea*)中的一段文字:

The boy went out. They had eaten with no light on the table and the old man took off his trousers and went to bed in the dark. He rolled his trousers up to make a pillow, putting the newspaper inside them. He rolled himself in the blanket and slept on the other old newspaper that covered the springs of the bed.

He was asleep in a short time and he dreamed of Africa when he was a boy and the long golden beaches and the white beaches, so white they hurt your eyes and the high capes and the great brown mountains. He lived alone that coast now every night and in his dreams he heard the surf roar and saw the native boats come riding through it. He smelled the tar and oakum of the deck as he slept and he smelled the smell of Africa that the land breeze brought at morning.

以下为朱海观的译文：

孩子去了。他俩吃饭的时候，桌上连个灯也没有，孩子走开以后，老头儿脱掉裤子，摸黑上了床。他把裤子卷成枕头，把那张报纸塞在里面，然后用军毯裹住身子，睡在铺在破床的弹簧上面的旧报纸上。

他不久就睡去，梦见了他儿童时代所看到的非洲，迤长的金黄色的海滩和白得刺眼的海滩，高耸的海岬和褐色的大山。现在，他每晚住在海边，在梦中听到海潮的怒号，看见本地的小船从海潮中穿梭来去。睡着的时候，他闻到甲

> 板上柏油和填絮的味道，闻到地面上的风在早晨送来的非洲的气息。

朱的译文再现了海明威简洁明了的写作风格。

社会叙述中的累积性是指不同的叙述故事累积在一起，成为一个整体。另外，也可以根据需要将累积性定义为一系列相关叙述反复影响的结果，从而导致文化、传统和历史的重塑。任何形式的叙述都可以通过不同的渠道去实现，而不受社会主流机构控制。以《红日》中的两段话为例：

> 华静的心激烈地跳动起来，她有些发慌，脸色显得紧张激动。看到纷纷奔跑的男男女女，他们牵着牛羊，挑着担子，抱着孩子，有的哭着叫着，有的跌倒在田里，爬起来又跑，心里感到难过。她见到耿忠在小坡上挥着臂膀，大声叫喊着指挥民兵，民兵们占据了一条田埂，向迎面来的敌人射击着，有一批敌人冲到民兵阵地前面，给打倒了几个，余下的慌乱地逃了回去。她心里一亮，赶紧扣紧鞋带，跑了出去。她的脚步从来没有像今天这样轻快，踏着高低不平的野地，跳过小沟，像骑在马上似的，一口气奔到耿忠身边，伏在小坡上，和耿忠一样，手里抓着子弹早已装上枪膛的驳壳枪，拉下保险机，准备向敌人射击。
>
> 在这里，她第一次看到敌人向她和她身边

的耿忠、民兵队员们扑了过来。她的血液在全身急速奔流，她的手和手里的枪，微微地发着颤抖，她也是第一次感觉到自己是置身在真正的战斗里。

（吴强《红日》）

Hua Jing's heart began beating violently; she was beginning to lose her presence of mind and her face was tense and excited. It distressed her to see the villagers, men and women, running pell-mell, leading their bullocks and sheep, with loads on shoulder-poles or children in their arms, some weeping and crying out, some stumbling and falling in the fields and then scrambling up and running on. She saw Geng Zhong on the bank waving his arms and shouting as he directed the movements of the militiamen; they took up positions some of them were shot down and the rest turned and fled in panic. In a surge of exhilaration she quickly fastened her shoe-straps firmly and ran out. Her steps had never been so buoyant as they were today: she trod the uneven surface of the uncultivated ground and sprang across the ditches as easily as if she had been on horseback and in one clear run she was beside Geng Zhong, lying face-down on the bank the same as he was with her machine pistol in her hand and one round already in the breech. She slipped off the safety-catch ready to fire at the enemy.

Now, for the first time, she saw the enemy rushing towards her and Geng Zhong and the militiamen beside her. Her blood raced in her veins and her weapon and the hand that held it were trembling slightly; she had the feeling for the first time that she was in a real battle.

（巴恩斯 译）

这是《红日》里描写共产党沙河区委员会书记华静的心理活动的段落。译文中的相关叙述准确反映出莱芜大捷和国民党军队占领延安这两件事情对华静的影响。

贝克认为，叙述不仅可以描述现实生活，还可以构建现实生活，不存在任何评估叙述的标准。但这不妨碍我们探讨如何评估叙述，贝克使用了费舍尔(Walter R. Fisher)的叙述范式来分析个体叙述是否有效。费舍尔认为，人类交流的目的是建立彼此的连接，交流的方式就是叙述，每个人都是叙述者。费舍尔的叙述范式有两个原则：第一是连贯性原则，第二是忠实性原则。连贯性原则要求叙述结构、素材的连贯，让整个叙述达到一致完整。忠实性原则是指从逻辑的角度来评定叙述的推论、问题和理由之间的关联性。对于翻译而言，译者作为叙述者应该选择有利于与社会建立连接的叙述，要将翻译的社会负面影响降到最低。在翻译过程中如果遇到对目的语社会的影响和忠实原文之间存在冲突的情况，译者应当选择对目的语社会影响较低的原则。贝克之所以采用费舍尔的叙述范式是因为贝克的翻译叙述理论具有社会学的性质。

第二节　翻译中的叙述建构

贝克通过大量的例证从叙事的角度阐释了翻译与社会冲突和政治之间的关系。她认为，翻译中的叙述建构是一种主动策略，译者要有意识地参与现实的建构。翻译中的叙述建构也可以用来检验译者及翻译行为对现实社会的影响。在贝克看来，调节原文文本叙述有四种建构策略，即时空建构（temporal and spatial framing）、文本素材的选择性采用（selective appropriation of texual material）、标记性建构（framing by labeling）和参与者的重新定位（repositioning of participants）。

一、时空建构

时空建构策略是指将文本置于特定的时空语境下，目的是突出该文本的叙述，引导读者将文本与他们所接触到的叙述相联系。这和文体学当中的空间理论异曲同工。例如:“John was feeling very hungry and he entered the restaurant, he settled himself at the table and noticed that the waiter was nearby, suddenly he realized that he had forgotten his reading glasses.”读者很容易理解这个例子,因为这是顾客在餐厅里就餐时意料之中会发生的事件。作者不需要告诉读者,在餐厅里有桌子、椅子、菜单之类的东西,也无需告知读者顾客在餐厅里要点菜付账单。因为作者把读者置于餐厅这个环境里,读者已经建构了他所接触到的叙述。读者可以根据作者提供的信息以及特定的环境推断出约翰需要眼镜来阅读餐厅服务员给他的菜单。

现实生活中没有任何两个人会有完全相同的生活背景,因此在言语交流中总会有一些语义和信息缺失以及被曲解。相同的语言文化背景可以确保人们之间的有效交流。在交流过程中,他们信息缺失的那一部分往往具有鲜明的文化特色,并且存在于语篇之外,这是某一文化内部运作的结果,因而会对不同文化背景、语言背景的读者造成理解障碍,无法构建特定的时空语境,从而难以建立理解话语所必需的语义连贯和情境连贯。例如:

A:你们今年包饺子了吗?

B:包了!不包就没气氛了。

这段话发生的时间是春节前夕,按照中国的习俗,春节前家家户户都要包饺子,这一文化习俗对沟通的双方来说是不言而喻的，在交际中充当了隐形桥梁的作用。当B听到A说的话时，他的认知系统里的推理机制就会激活对方话语所需的空间，也就是春节家家户户都包饺子。A和B之间的对语由此也就连贯在一起了。如果对一个外国游客说这样的话，对方的记忆中没有一个包饺子的建构，那么对方的反应很可能是：饺子是什么？为什么要包饺子？这一反应就会造成双方无法沟通，无法达到预期的交际连贯性的目的。在翻译过程中，贝克的时空建构策略正是通过对时空和空间的重新架构来突出叙述的立场。

二、文本素材的选择性采用

文本素材的选择性采用是通过对文本的添加或省略的方式阐述文本内容，旨在强调原文中隐含的深层次内容。请看下面的例子：

> As a clergyman, moreover, I feel it my duty to promote and establish the blessing of peace in all families within the reach of my influence; and on these grounds I flatter myself that my present overtures of goodwill are highly commendable, and that the circumstance of my being next in the entail of Longbourn estate will be kindly overlooked on your side, and not lead you to reject the offered olive-branch.

此段的译文为：

> 况且我作为一名教士，觉得有责任尽我力之所及，促进家家户户敦睦交好。在这方面我自信我这番好意是值得高度赞许的，而我将继承朗伯恩财产一事，请你不必介意，也不必导致你拒绝接受我献上的橄榄枝。

在英语语言文化中，“橄榄枝”的深层含义是和平。从修辞的角度看，“橄榄枝”的喻体是和平。在中国文化中，“橄榄枝”不是典型的文化元素，因此可能就会出现理解障碍。

文学作品是作者用语言形式进行的艺术创造，文学作品的语言是作者经过提炼加工而成的，具有独特的语言魅力，这些语言往往能给读者留下丰富的想象空间。所以说文学语言是对常规的超越，是变异的语言，它打破了语言形式与意义之间原有的联系，创造出了新的词汇，产生了新的意义。所以说文学作品可以看作作者创造的语言符号世界，作者既是社会个体又是艺术家，通过其独特的个人生活体验产生了对社会和人类生活的独特的看法和观点，因此也可以说文学作品是想象的艺术。文学作品之所以称为“艺术”，并不在于它传达了什么信息，表达了什么内容，而在于它是如何表达的。事实上，文学作品要表达的含义和所揭示的内容是非常有限的，它赋予了每个时代的每个读者以开放性。因此，读者阅读文学作品需要发挥想象力。在文学作品创作的过程当中，作者会把具有鲜明文化特色的词语或文化背景知识预设在文学作品中，以体现他的美学创造力和艺术动机，同时给读者留下想象的空间。而文学翻译其实就是译者用另外一种语言对原文的再现。译者在文学翻译中，应该尽量使译文的读者获得原文美学价值的享受，不能掠夺译文读者的想象力，从而损害原作含蓄的艺术效果。译者必须具有艺术家的天赋和能力，把原作的精神或者神韵表现出来。译者的首要任务是重构原作的世界，发掘其深层的含义。然后，通过阅读和对原作的整个世界的重构，把握作品的整体结构和内容，了解作品人物的感情态度。因此，文学翻译中的译者应该坚持文学作品的美学价值取向，而不仅仅是信息取向，应该力求保留原作中的差异性和艺术性。例如：

Through the fence, between the curling flower spaces, I could see them hitting. They were coming toward where the flag was and I went along the fence. Luster was hunting in the grass by the flower tree. They took the flag out, and they were hitting. Then they put the flag back and they went to the table, and he hit and the other hit. Then they went on and I went along the fence. Luster came away from the flower tree and we went along the fence and they stopped and we stopped and I looked through the fence while Luster was hunting in the grass.

"Here, caddie," he hit. They went away across the pasture. I held to the fence and watched them going away.

"Listen at you, now," Luster said. "Ain't you something, thirty-three years old, going on that way. After I done went all the way to town to buy you that cake. Hush up that moaning. Ain't you going to help me find that quarter so I can go to the show tonight."

They were hiting little, across the pasture. I went back along the fence to where the flag was. It flapped on the bright grass and the trees.

"Come on," Luster said. "We done looked there. They ain't no more coming right now. Let's go down to the branch and find that quarter before them niggers finds it."

It was red, flapping on the pasture. Then there was a bird slanting and tilting on it. Luster threw. The flag flapped on the bright grass and the trees. I held to the fence.

以上选自福克纳(William Faulkner)的长篇小说《喧哗与骚动》(*The Sound and the Fury*)。该段的叙事者名字叫Benjy,他智力发育不健全,因而使用变异的语言来描述他正在做的事情。他在描述事情时,连一个高尔夫球的专业术语都没有使用。中国读者读不懂的原因是中国没有普及高尔夫球这一运动,对此缺乏了解。但是对于西方读者来说,这段文字说的什么一般都能明白。如果读者把文内相关的线索如"hit""flag""pasta""grass""candy"等词串联起来,就能推理出一个高尔夫球场的画面,对原文进行充分的理解和赏析。原文作者在写作时,往往不会考虑外国读者。文化信息对本族语内交际双方来说是不言而喻的,但对于来自其他文化的读者来说往往是不知所云。

三、标记性建构

标记性建构指的是用术语或者短语来标记人物、地点、事件或其他特定的元素。这些标记性的元素用来指示或识别叙述中的关键元素,提供了解释性的框架,用来指导或限制我们对当前叙述的反应。这种标记性建构尤其适用于书名、电影名或其他事物的名称,可以用来有效地建构或重新建构叙述,有时标题的重新建构叙述还伴有新标题的叙述立场。[①]在翻译活动中,原文作者和译者往往生活在不同的社会文化环境中,具备不同的文化背景知识,比如不同于英语读者的文化背景知识、含有汉语文化特色背景知识的词语等,容易引起译者误读。语法之类的问题更难被发现,因此会造成译者对原

① 参见彭萍:《社会叙述理论与京剧英译和传播》,中央编译出版社2019年版,第53页。

文更大的误解。因此在翻译时，译者应该注重叙述中的特定文化元素，有意识地为读者考虑，适当加以重新建构。

汉语中的一些概念和名词，在英语中有类似的表达，中西之间存在对应的关系。而明确的相互对应关系就具备互相转换的可能，所需要的只是发挥译者的灵活性，找出其规律。刘宓庆指出："汉语重实，重形象，多用具体的表现手法。"[①]比如"班门弄斧""九牛二虎""大刀阔斧""惊天动地"等。在翻译"班门弄斧"时，不一定要译成"teach the fish to swim"，如果译成"show off one's skill with the axe before LuBan—the master carpenter"，更能使外国读者体会到中国语言形象的独特之处。再如"雨后春笋"，有人译成"grow like mushrooms"，虽然原文和译文的差别不大，但是英文中的"mushroom"常含有迅速灭亡的意思，"mushroom flame""a mushroom millionaire"等译法可能会引起读者的误解，所以可以直译为"spring up like bamboo shoots after spring rain"。这种翻译不会引起疑问，也不会违背译文表达习惯引起读者的误解，可以为读者提供解释性框架。

另外，重新建构叙述可以采用脚注、尾注或文内注解的方式，增添文化背景信息，有利于目标读者进一步了解异国文化，例如：

① 刘宓庆：《汉英对比与翻译》，江西教育出版社1992年版，第320页。

天还没有黑，队伍到了宿营地高庄。出于战士们的意外，在南方常遇到的事情，在这里照样有。庄口上摆了大缸的茶水，锣鼓“铿铿锵锵”地响着，欢迎路南来的部队。队伍刚坐下来，还没有进屋子，妇女会、儿童团的队伍，就敲打着锣鼓，一路跳着秧歌舞，来到队伍休息的广场上。她们拉成一个大圆圈，又是唱又是跳的，红的绿的彩绸，像春天的蝴蝶似的飞来舞去。接着还有吹唢呐、拉板胡和唱歌的节目表演。

“山东大姑娘唱的还挺不错哩！”五班长洪东才在秦守本的耳边说。

爱拉二胡的安兆丰，竖起耳朵听着弦音响亮的板胡独奏。

直到天黑，战士们才满意地看完了表演的节目。

（吴强《红日》）

Before dark the troops reached the village of Gao Zhuang where they were to stop the night. Contrary to their expectations, things are much the same here as in the south. A large earthenware jar of water had been placed at the entrance to the village for them, and drums were thudding and gongs clashing to welcome the troops from south of the railway. Just as the troops had sat down before going into their quarters, out on to the open space where they were resting came formations of women and children from the Women's Association and the Children's League, beating gongs and drums and dancing and yangge[①] as they came. The women spread out into a large circle, singing and dancing, the gaily-colored silk streamers as their waists fluttering this way and that like butterflies in the springtime. Next the men were entertained with performances under suona and the banbu and with songs.

"These Shandong girls don't sing at all badly!" said Hong Dongcai, the leader of five section, in Qin Shouben's ear.

An Zhaofeng, who was fond of playing the *erhu*, listened to the clear notes of the Banbu solo with undivided attention.

It was dark by the time the soldiers had contentedly seen the programme through to the end.

（巴恩斯　译）

在这个例子中，"唢呐""锣鼓""秧歌""二胡"是中国

① Literally "rice-transplanting song", a folk-dance that has become widely popular in China since liberation.—Translator's note.

独特的文化意象,译者在翻译时用脚注的方式向译文读者介绍原文的相关文化知识,增进读者对原文的理解。这样的脚注不仅不会打断读者的阅读过程,还有助于读者了解外国文化,并对译入语读者作出文化补偿,以便读者有机会欣赏外国文化。

在翻译过程中,如果译者认为在文中添加一些简单的文化信息比加脚注、尾注更方便,那么可以采用文内的注解。特别是翻译一些具有文化特色的词语,如习语、典故等,译者可以采用增译法来补偿原文中文化特色词语所隐含的社会文化背景知识。现举例说明:

> 状元红酒源于唐宋,盛于明清,系中国古老名酒。
>
> Zhuangyuan Hong, the Number One Scholar Red, is one of China's best known traditional liquors. Its early production was known as far back as in the Tang and Song dynasties and became nationwide popular in the Ming and Qing dynasties.

在这个例子中,"the Number One Scholar Red"是对"Zhuangyuan Hong"的解释。译文在"唐宋"和"明清"后面添加了"dynasties",也是给译文读者提供必要的社会背景。

在贝克看来,采用标记性的元素来指示或识别叙述中的关键元素是一种建构方式。我们可以理解成采用释义法向目标读者解释原文中的社会文化所隐含的含义。这种方法既能保留原文的信息，又能在翻译过程中给译者较大的自由度，所以释义法在翻译中得到广泛采用。以“市场上商品丰富多彩”这句话为例，“丰富多彩”在汉语中使用较为频繁，如果试图保留“丰富多彩”这一文化形象，可以翻译为“The market has a colorful display of commodities”，但是这种翻译显得过于华丽，不符合英语的表达习惯，所以这句话可以译成“The market has an adequate supply of commodities”，这样更能表达原文的语义信息。语言存在能指和所指之间的差异性。曾利沙认为语言的这种矛盾性，在不同的语言中具有不同的反应和可接受性。[①]因此，在翻译过程中应当对原文所表达的文化内容高度敏感，根据原文的具体社会文化语境，选择合适的翻译策略，使译文更加流畅。

四、参与者的重新定位

翻译中的叙述建构策略等同于翻译本土化策略。不论译者选择何种策略都会产生超越当前文本的效果。而每一个译者的叙述都不是孤立存在的，都属于社会层级更大范围的叙述。在贝克看来，参与者重新定位的手段是多种多样的。在翻译过程当中，需要根据特定的事件和人物进行变化。现举例说明：

---

①　参见曾利沙：《翻译教学中的预设思维训练——兼论译者主体主观能动性的思维动因》，《外国语言文学》2006年第3期。

> 一九二八年夏提出了六项注意：一、上门板，二、捆铺草，三、说话和气……
>
> In the summer of 1928 he set forth Six Points for Attention: (1) Put back the doors you have taken down for bedboards; (2) Put back the straw you have used for bedding; (3) Speak politely...

这个例子叙述的是20世纪30年代中国共产党领导的人民军队，晚上经常向当地老百姓借门板睡觉。这个历史背景为中国百姓所熟知，但西方读者如果没有这种知识背景的话，就不能对此话语进行正确的解读。因此在翻译过程中添加了注解"you have taken down for bedboards"和"you have used for bedding"来解释"上门板"和"捆铺草"的意思。

汉语中"上中农"和"下中农"两词一直被译成"lower middle peasant"和"upper middle peasant"，这让外国人看了不知所云。如果对译文稍加变化，变成"lower middle income peasant"和"upper middle income peasant"，这样就比较容易理解了，英文中也有类似的表达，如"The House Ways and Means Committee re-jiggered taxi legislation to give middle and upper middle income taxpayers more relief than Carter wanted."。以巴金作品《家》中的一段话为例：

> "姜太公在此，诸神回避。"淑华接口嘲笑

道。众人大声笑起来。

“Old Master Chiang, the famous ghost exorcizer, is here. All spirits disperse!” cried Shu-hua sarcastically, and everybody laughed.

(S. Shapiro　译)

在这个例子中，译者把姜太公译成了“Old Master Chiang”，然后用“the famous ghost exorcizer”来解释“Old Master Chiang”，帮助读者解读文本，让读者了解这一中国文化信息。

综上所述，在翻译的过程中，建构是一种主动策略，翻译对叙述的建构几乎可以运用到任何语言中，因此几乎所有的文本都可以微观或宏观地进行调整，重新推动自己的叙述传播。一篇译作是否成功、是否被读者接受，在很大程度上取决于译者对原文的理解是否准确。译文中的措辞、句型结构及语言风格的选用，同样取决于对原文的理解。翻译不只是进行源语和目的语之间的词汇匹配或者语言形式的转换，也不只是语法构建，而是在对原文的准确理解基础之上，和原作者达到情感共鸣。语言本身有表层和深层两种含义，仅仅对原文进行表层含义的理解是不够的，译者应该跳出自己的主观世界进入原文作者的内心世界，对原作中的写作基调和精神进行分析，对原文话语的深层结构、深层含义、文化背景知识进行再现。在文学作品翻译中，译者应该从原文的创作意图出发，在目的语中找到完美的语言形式，力图再现原文的艺术境界。在忠实原文的基础上，译者应该通过艺术再创造尽可能地表现原文的语言形式特征。在阅读文学作品时，读者最感兴趣的不是作者表达了什么，而是作者是怎样表达的，在阅读具有象征意义和隐含意义的文学作品时尤其如此。同时，译者应该尊重原文的语言特征和思想情感，合理保留原文本中的留白部分，以便让读者发挥想象力。

第三节　社会叙述理论的意义及局限性

贝克的社会叙述理论为翻译研究提供了一个新的视角，翻译不仅要关注语言，更要关注语言背后的社会文化和环境。译者不再隐身于译文之后，而是可以主动采取建构策略，引导读者作出预先设定的建构或重新解读，充分发挥译者的能动作用。因此，社会叙述理论对翻译研究作出了独特的贡献。

一、社会叙述理论的意义

长期以来，翻译的作用没有得到人们的重视，译者也往往是隐形的。美籍意大利学者劳伦斯·韦努蒂(Lawrence Venuti)指出，译者只是一个影子，译文的合法定位显得模糊不清。他认为翻译最大的障碍来自翻译学科之外，比如文学和文学研究。关于译者的地位，彭萍指出，译者可以确定哪些是可译的，哪些是不可译的，哪些文本对读者有益，哪些文本有害，翻译中应采取何种策略才能对原文本负责，采取哪些策略才能对译文读者负责，当忠实于原文与对译文读者负责发生冲突时，译者该作出什么样的判断，这些都是伦理问题。另外，对翻译质量重视与否、翻译是否有造假行为和表现行为等也都属于翻译伦理的范畴。[①]

影响译者理解的因素有很多，从宏观的角度来分析，有历史的因素和社会文化背景的因素。译者总是生活在某一历史时期，其阅读活动离不开前人的阅读经验和前人对文本的理解。随着历史的发展，译者也在发生变化，文本的语言在不同时代有着不同的意义。如果把阅读活动的历史性放到译者对原文的理解过程中加以考察，我们会发现在新的历史背景下，译者完全有可能对文本作出创造性理解和阐释，因而文本的重新翻译是非常有必要的。从微观的角度来看影响译者的因素，有译者自身的经历、动机、文学造诣等。同一文本的不同译者，即使在相同的历史背景下，也会因个人情况不同而对同一文学作品作出不同的翻译，从而作出不同的选择。根据伊瑟尔（Wolfgang Iser）的美学反应论，文学的阅读过程是读者对文本的“空白具体化”（concretization of blanks）的过程，在这一过程中读者要面对语言的有限性和理解的开放性，以及理解的开放性和意义的生产性之间的矛盾。事实上，作者在文本中表达的意义是非

①　参见彭萍：《翻译伦理学》，中央编译出版社2013年版，第225～235页。

常有限的，语言的有限性赋予了不同时代的不同读者以意义的开放性。在伊瑟尔看来，文本的整个图示结构中存在着许多空白，读者正是在填补这一个个空白的过程中实现对文本的理解。作者往往会有意识地在文学作品中为读者留下想象空间，让读者通过“空白具体化”完成审美的历程，并获得一种独特的审美感受。①而译者作为原文的读者，其能动性的参与和创造性的理解就很有可能实现。

因此，贝克的社会叙述理论为翻译研究提供了一个新的视角。潘文国在《翻译与冲突：叙述性阐释》一书的中文版序中指出：“我认为此书的出版具有划时代性，它标志着国际上翻译研究又上了一个新台阶，是翻译‘文化转向’以后的一个新的里程碑。”②翻译的“文化转向”是指从原文转向译文，从关注原著转向关注译文的社会功能。而后殖民主义的翻译研究，又使译者从后台走向前台，从隐身走向显身。谢天振也在序中指出这本著作具有“开阔的学术视野和崭新的研究视角”③。其意义可以归纳为以下三个方面。

---

① Wolfgang Iser, “The Reading Process: A Phenomenological Approach”, in Jane P. Tompkins, ed., *Reader-Response Criticism: From Formalities to Post-Structuralism*, Baltimore and London: The Johns Hopkins University Press, 1980, pp. 50-69.

② 潘文国：《翻译与冲突：叙述性阐释·序》，赵文静主译：《翻译与冲突：叙述性阐释》，北京大学出版社2011年版，第5页。

③ 谢天振：《翻译与冲突：叙述性阐释·序》，赵文静主译：《翻译与冲突：叙述性阐释》，北京大学出版社2011年版，第11页。

其一,凸显了当前译者研究的前沿理论意识的译学概念。翻译人员不仅要关注源语和目的语的转换,还要关注语言背后的文化和文化所处的历史社会背景。德国著名文学批评家、哲学家本雅明(Walter Benjamin)指出,翻译应该包含原文的符号化的方式,而不只是原文的意义。①翻译文学作品时更是如此,文学作品的读者除了阅读原著的内容之外还希望欣赏到原作的符号化的方式,因此译者的重要任务是要在译文中传达文化缺省部分所表达的内容,要尽可能再现这一语言形式。但是,译者也不能为了译文的流畅而随意更改原文的语言形式,否则译文必将失去意义。

其二,是体现当今全球化视野的丰富生动例证。译者必须对译文的读者负责,也就是说不管出于何种情况,都应该在原文和译文之间搭起一座“桥梁”。施莱尔马赫(Friedrich Schleiermacher)指出,译文处于两种需求的中间,而这两种需求几乎不可能调和。一方面,作者向译文呼吁,要尊重他的所有权;另一方面,读者也提出自己的要求,要尊重他们的情绪,只需把他们喜欢的留下并照顾他们的接受方式。②所以译者就必须根据原

① Walter Benjamin, “The Task of the Translator”, in Rainer Schulte and John Biguenet, eds., *Theories of Translation: An Anthology of Essays from Dryden to Derrida*, Chicago and London: The University of Chicago Press, 1992, pp. 71-82.

② Friedrich Schleiermacher, “On the Different Methods of Translating”, in Lawrence Venuti, ed., *The Translation Studies Reader*, London: Routledge, 2004, pp. 43-63.

作的语言形式和艺术意境在本语言中寻找鲜明、生动的语言表达形式，这就体现了当今的全球化视野。

其三，具有独特的、富有新意的翻译研究视角。张美芳和钱宏在评论该理论时认为，该书首开先河，将社会学的叙述理论引入翻译研究，较系统地探讨了叙述理论在翻译中的应用，开阔了翻译研究思路，充分显示出翻译研究的跨学科特性。他们指出，系统的叙述理论翻译分析模式有鲜明的研究特色，有助于从宏观层面探讨翻译对社会发展的影响，同时也可以根据叙述的类型和特征具体探讨翻译如何构建叙述，并如何通过叙述影响和建构社会。他们还指出该书紧密联系现实，运用了英语国家和阿拉伯国家的实例，分析了译者在国际政治事务中的重要作用。[①]

综上所述，翻译研究不仅要关注两种语言，更要关注两种语言背后的文化，关注语言和文化所处的社会环境。翻译活动也对社会叙述产生影响的同时，社会中的活动也影响着翻译策略的选择。因此翻译与社会是一种互动的关系。社会叙述理论对指导翻译活动有重要的意义，翻译不仅仅是忠实于原文文本，还要对社会各个要素起作用。

二、社会叙述理论的局限性

目前国内有关社会叙述理论的研究数量很少，代表

① 参见张美芳、钱宏：《〈翻译与冲突：叙述性阐释〉评介》，《外语教学与研究》2007年第4期。

性论文是张美芳等对《翻译与冲突:叙述性阐释》一书的评介。他们认为全书用较多的篇幅介绍叙述理论框架，具体的案例分析不足，与翻译实践的联系不够紧密，不利于非专业读者的理解。翻译实践活动离不开翻译规范，翻译规范是评价译作的根据，衡量译作优劣的准则。在翻译规范指导下，应该有不同的翻译实践，出现风格不同的译文。虽然翻译特别是文学翻译有再创造的性质，但译者在翻译活动中发挥其能动性和创造性的同时，仍然摆脱不了规范的指导和制约。[①]

廖七一的《晚清集体叙述与翻译规范》和范玲娟的《Mona Baker叙事理论的演进及其翻译研究中的应用》探讨了社会叙述理论来源于社会学和认知学的相关叙述理论，走出了翻译文本对比和翻译等值的研究视角。要想把翻译做好，就要以开放性的视角，灵活准确地应用西方理论，解决西方翻译理论在中国的问题。[②]范玲娟指出，贝克的叙述理论突出的问题是，叙述特征和叙述策略界限不清。[③]

贝克在叙述理论方面过多地引用了社会学和认知学的学术理论，而她所建构的是关于翻译的具体操作，对翻译的动机和结果关注较少。

---

①　参见张美芳、钱宏:《〈翻译与冲突:叙述性阐释〉评介》,《外语教学与研究》2007年第4期。

②　参见廖七一:《晚清集体叙述与翻译规范》,《上海翻译》2011年第1期。

③　参见范玲娟:《Mona Baker叙事理论的演进及其在翻译研究中的应用》,《浙江外国语学院学报》2015年第1期。

综上所述，贝克的社会叙述理论促使我们对翻译的社会意义进行思考，同时可以将翻译研究扩大到社会层面。翻译作为语言形式的转化形式，可以作为中国文化传播的战略实施以及讲好中国故事的重要手段之一。读者对译文的反馈极大影响了翻译规范，从而制约译者的创造性发挥。有调查表明，读者希望读到能反映异国情调和异域文化的翻译文学。在调查中给了读者两类译文，一类是带有欧洲韵味的译文，另一种是过分归化的译文。结果显示大部分读者喜欢前者，他们希望能够欣赏到有外国韵味的文学，能够领略到异国情调和鲜明的语言风格的文学作品。因此，译者在翻译实践中发挥其能动创造性的同时，必须对专业读者和普通读者对译文的期待和反应加以考虑。文学作品作为中国文化走出去的重要表现形式，其翻译和传播有助于弘扬中国社会主义核心价值观，所以研究文学作品的翻译和传播策略以及接受情况具有重要的意义。

第二章　沂蒙题材文学综述

文学是在人类文明发展过程中逐渐产生的，文学作品是人类的文化遗产和精神财富。在文学大家族中，不同形式的文学是逐渐发展起来。各民族最早的文学形式是诗歌，而后逐渐产生了散文、小说、戏剧、影视等新的样式。

何谓沂蒙题材文学？张元珂、张昌佩指出，“从地理或行政区划上来看，如今的临沂、日照全境或曰以汶河、沂河、沭河、蒙山、沂山等核心地理范畴的延展区域，应是沂蒙文化生成与演进最为核心、最为本源的物理空间。依托这样的地理空间或文化空间，经由漫长时间沉淀或凝聚所生成的带有区域共同体趋向的文学即沂蒙文学。地域性、民族性、现代性、革命文化/文学的主导性，作为界定或阐释沂蒙文学外延和内涵的四个常见向度而在实践中予以凸显”[①]。由此可见，研究沂蒙题材文学，首先要确定它是以作品描写的地域风情和地域特色

① 张元珂、张昌佩:《论沂蒙文学的“当代性”兼及沂蒙精神于沂蒙文学互源、互塑关系考察》,《中国文化论衡》2020年第1期。

为标准，还是以作者的属地为标准。想要解决这个问题，首先要明确一下地域文学的特点。地域文学具有地域性和超地域性的特点，具备继承性和延续性的功用价值。正如俄国的别林斯基(V. G. Belinsky)所说："文学的显著特色在于对现实的忠实，它不改造生活，而是把生活复制、再现、像凸出的镜子一样，在一种观点之下把生活的复杂多彩的现象反映出来，从这些现象里汲取那构成丰满的、生气勃勃的、统一的图画时所必需的种种东西。"[①]在沂蒙地域能够表现沂蒙地方生活的复杂多彩，形成沂蒙题材文学的地域性特征。由于社会政治、经济等因素的变化，沂蒙地域的人群也发生了流动，这也促使了沂蒙地域文化与其他地域文化的融合。大量的沂蒙原籍作家流入南方，但他们创作的文学依然带有浓厚的沂蒙地域色彩。其实在中国文学史上，真正"安土重迁"的作家非常少，即便是隐逸诗人，如陶渊明、孟浩然等也曾在外游历、做官、求仕，因此文学具有动态性。从这个角度来看，沂蒙题材文学既包含了沂蒙地域作者写本地和外地的作品，也包含了外地作者写沂蒙的作品。本章对沂蒙题材文学的概述包括古代、现代和影视文学三方面。

① [俄]别林斯基：《论俄国中篇小说和果戈理君的中篇小说》，《别林斯基选集》第1卷，满涛译，人民文学出版社1958年版，第49页。

第一节　沂蒙题材文学概述

文学是以不同的形式表现内心情感和再现特定社会时期生活的艺术。各民族的文学都是以诗歌开端，最初的诗歌在语言上都有一些韵律，最初韵律的目的是记事。

一、古代沂蒙题材文学

在先秦时期，诗歌的记事功能进一步减退。诗歌的形态与音乐是统一的，如押韵、叠章复唱等。八景是人们对各地特色景观的称呼，是各种文化景观的精华与萃取，也是诗歌创作的重要题材。临沂古称“琅琊”，临沂的八景诗歌也称为“琅琊八景诗歌”，明代的著名诗人舒祥为此写下了《琅琊八景诗》。根据《明史》记载，舒祥在沂州期间写下了《沂州赋》《琅琊八景诗》等著名诗赋。其中最著名的一首是《苍山叠翠》：

好山面面削芙蓉，
吐月摩云势更雄。
数叠好峰青列戟，
几层晴嶂碧连空。
巍峨低视淮阴小，
突兀高联泰岳崇。

日暮卷帘看映色,
满天佳气雨濛濛。

古代沂蒙题材文学深受儒家思想影响,表现出对社会、现实、人生、政治的关注,具有较重的忧患意识以及较强的社会责任感和入世精神。在作品上重视礼法,强调政治、道德的教化作用,在审美理想上追求礼与情的和谐统一。

荀子,战国末期赵国人,三次出任齐国稷下学宫的祭酒,后为楚兰陵令。荀子学识渊博,主张性恶,注重后天对人的教育作用,认为人应该顺其自然,但也可以改变自然,重视礼在调节社会中人与人的关系上的作用。荀子在儒家中自成一派,为儒家思想在沂蒙的传播起到了很大的推动作用。荀子墓位于兰陵县兰陵镇东南处。明代进士李烨凭吊荀子墓时,写下了《荀卿墓》这首诗:

古冢潇潇鞠狐兔,
路人指点荀子墓。
当时文采凌星虹,
此日荒凉卧烟露。
卧烟露兮愁黄昏,
苍苍荆棘如云屯。
野花发尽无人到,
唯有蛛丝罗墓门。

这首诗对荀子墓的冷落孤寂流露出无限的感慨。大体意思是:这可是历尽沧桑一代大家的坟墓,如今周围却繁衍着狐兔;这可是当年文采凌驾星辰和彩虹的一代大师,可是现在墓碑荒凉,荆棘丛生,只有蜘蛛网挂在坟墓的门上。这首诗歌中荒凉的景象与荀子为儒家思想的传播所作的贡献形成了强烈的对比。直到清朝光绪年间,山东巡抚周馥视察河道,路经兰陵,为荀子立碑,上刻“楚兰陵令荀卿之墓”。改革开放以来,我国加强了对重点文物的保护,对荀子墓进行了重新修缮。

诸葛亮,沂南县人,即今沂南县诸葛城。其急于北伐兴复蜀汉的建功立业之情和临别与后主的惜别之情,在《出师表》里表现得淋漓尽致,情文并茂,流传千古。历代文人墨客将诸葛城当作诸葛故里,留下诸多诗文。明代大臣陈玉的《诸葛武侯祠》是其中的一首,全诗如下:

鹿走人间汉鼎移,
南阳山色草庐低。
卧龙不起扶江表,
瞒贼长驱到陇西。
渭水古川春雨滑,
丈原垒高阵云迷。
年来独有祠前柏,
岁照笼葱越鸟啼。

“鹿”在这首诗中指帝王之位,“鹿走人间”指汉末刘姓失去皇权,出现了群雄逐鹿争夺帝王之位的局面。在刘氏王朝即将灭亡之际,诸葛亮正隐居在南阳草庐中。

“卧龙”这里指的是诸葛亮。“扶江表”指的是扶持刘表。“瞒贼”指的是曹操,因为曹操的小名是阿瞒。曹刘两方互斗,曹操长驱占领了陇西。“渭水”是指诸葛亮作战的地方。“丈原”是指诸葛亮病逝的地方五丈原。最后一句描写诸葛武侯祠前的松柏树郁郁葱葱,鸟儿不停地鸣叫。这首诗追溯了诸葛亮所处的动乱时代和他高卧南阳的恬淡情操,并通过渭水、五丈原等地的描写,赞扬了诸葛亮的业绩。松柏常青,英明永存。

临沂是王羲之的故乡,王羲之在这里度过了他的童年。1531年任沂州按察使李士允写过两首《过羲之祠》:

逸少平生宅,
维摩几代宫。
兰亭无昔日,
柢树但悲风。
墨沼寒藤底,
书台夕磬中。
向来尘迹感,
今古是谈空。

扫素传清事,
栖真得旧踪。
池荒今洗钵,
台古只鸣钟。

不见笼鹅客，
空余舞鹤松。
来游访遗墨，
剔遍紫苔封。

第一首诗的意思王羲之当年的住宅经历过了几代，现在已经没有了兰亭聚会的欢快，只有古树在凄厉的寒风中站立。现在看到的只有清冽的洗砚池长满了水草，傍晚晒书台上飘荡着寺院的磬声。昔日的繁华与今天的凄凉形成了鲜明的对比，作者再次感叹人生变化无常。第二首诗也延续了第一首的风格，作者俯仰古今，书写了世事沧桑，极具艺术感染力。

羲之祠和洗砚池是享誉国内外的名胜古迹，有很多诗人为之写过诗文。1594年，福建人林茂桂来到沂州，写下了《洗砚池怀古》：

逸少擅风流，
伊人琅邪国。
束发学锺繇，
八分众所式。
当其驱颖时，
龙蛇自生翼。
临漪涤玄雾，
游鲤争吞墨。
夜月照池水，
兔影亦藏匿。

胜赏寄兰亭，
永和难再得。
我来读残碑，
蝌蚪半磨蚀。
不见笼鹅人，
空余烟水色。

这首诗赞扬了王羲之的坚毅执着，他勤学苦练书法，给后人留下了宝贵的精神财富。

颜真卿，临沂兰山区人，北朝学者，颜之推后代。安史之乱时期颜真卿被任命为刑部尚书，后升任御史大夫。清代刘东里凭吊颜真卿故里并作诗《过诸满颜鲁公故里》：

蔓草斜阳吊故居，
平原一旅战功余。
如何勋业成闲事，
只解争传纸背书。

这首诗描写傍晚时分作者来凭吊颜真卿的故居，感慨人们对颜真卿高超的书法艺术的赞赏已超过其功绩。整首诗语言精炼，意蕴很值得反思。

二、现代沂蒙题材文学

关于沂蒙题材文学的讨论离不开沂蒙红色题材文学和改革开放后的反映沂蒙山区变化的沂蒙题材文学。被称为“现代沂蒙文学第一人”的王思玷与刘一梦共同创建了现代沂蒙题材文学。

20世纪三四十年代，中共中央在沂蒙建立红色政权和革命根据地，带领沂蒙军民阻止侵略者。文艺是振奋人心的有力手段之一，身处沂蒙的文艺工作者积极响应延安文艺座谈会的号召，创建《大众日报》，创作民歌《沂蒙山小调》《跟着共产党走》等。《沂蒙山小调》诞生在蒙山第三高峰。抗大一分校文工团团员李林、阮若珊借鉴当地的花鼓调创作了最初的民歌，后在流传中经过多次修改，成为蜚声海内外的沂蒙民歌《沂蒙山小调》。歌词是：

人人（那个）都说（哎）沂蒙山好
沂蒙（那个）山上（哎）好风光
青山（那个）绿水（哎）多好看
风吹（那个）草低（哎）现牛羊
高粱（那个）红来（哎）豆花香
万担（那个）谷子（哎）堆满仓
咱们的共产党（哎）领导得好
沂蒙山的人民　喜洋洋

该民歌的创作地白石屋是个风光优美的小山村，西北南三面环山，形成了一个簸箕状的山坳，村子就坐落在北面的山坡上。小村依山傍势错落有致，四面绿树成荫。村前小桥流水，山路弯绕。西面是海拔1000多米的天然屏障“望海楼”，极为隐秘和幽静。该民歌最初的标题是《反对黄沙会》。沂蒙山革命根据地建立不久，日寇经常破坏扫荡根据地,利用当地的反动势力黄沙会与军民对抗。当时抗大一分校文工团的任务就是以文艺宣传为武器,积极配合行动,同时搜集素材进行宣传教育。歌曲一经传出,就在军民中传唱开来。后来根据形势的不断发展,歌词内容不断加以完善,渐渐撇开了反对黄沙会的词句,换上了抗日救国的内容。第三段新词就是今日歌颂沂蒙山区风光的民歌《沂蒙山小调》。为纪念《沂蒙山小调》的诞生,当地政府在村前建了一座纪念亭,表达对沂蒙山的一片深情。歌曲《跟着共产党走》也是诞生于抗战时期,当时沂蒙山革命根据地进入了鼎盛时期。该歌词表达了沂蒙山革命根据地居民的心声和信念。在文学领域,一批反映沂蒙山革命根据地军民战斗精神和深厚情感的作品也随之出现。当时的作家大都资历尚浅,创作技法和观念也未成熟,处于红色题材文学的尝试和摸索阶段。文学形式多是诗歌、报告文学、通讯、歌舞剧本和散文,只有零星的几部小说问世,如那沙的《一个空白村的变化》《血案》、王希坚的《地覆天翻记》、刘知侠的《铁道游击队》、韩川的《乌龟店》、洪林的《一支运粮队》等。

随着新中国的成立,社会秩序回到了正轨,沂蒙题材文学作品的创作也进入了繁盛时期。有实际战争经验和文学素材积累的沂蒙作家们潜心创作出具有战争传奇色彩和趣味性的经典作品《铁道游击队》和有极强历史纵深感的《红日》《沂蒙山的故事》《战斗在沂蒙山区》等一系列文学作品。

到了20世纪八九十年代，经济秩序逐渐稳定，文化多元发展，文学进入新的时期，文学思潮也登上了新的历史舞台。作家们多角度体察沂蒙，创作了《沂蒙飞虎》《高山下的花环》《我们的军长》《最后一个生产队》《南湖旧事》等作品。除此之外，刘玉堂的《乡村温柔》、吴强的《红日》和刘知侠的《铁道游击队》在这一时期也重新印刷，成为当时各大书店的畅销书籍，重新展现了沂蒙题材文学昔日的风采。此外，《红日》的英文译本和《铁道游击队》的英文译本也多次印刷出版，为中国文学“走出去”作出贡献。

改革开放时期，涌现了赵德发、刘玉堂、苗长水等一批文学主力。作家杨文学认为，任何一个作家的作品高度不在于文学叙事的技巧，而在于他走进生活的深度。杨文学一心扎根沂蒙山，执着于对抗战故事的挖掘整理，把沂蒙人亲身经历的故事记录下来，创作了《沂蒙长风》《家国情怀》《血性》等一批长篇纪实文学作品。他沿着30万沂蒙菜农下江南的足迹，从苍山南下，到上海、深圳寻找他们在都市生存的故事。经过长达一年的亲身体验，杨文学写出了《苍山三农》，后来该书被改编成30集电视剧《乡村都市情》。沂蒙路漫长，创作无止境。杨文学又用了10年时间，把对沂蒙文化和沂蒙精神的感受、理解梳理出来，创作出了包括《沂蒙山小调》在内的“沂蒙三部曲”。

沂蒙题材文学中的人物形象主要有两类，一类是芳骨柔刚的沂蒙女性形象，一类是铁血丹心的沂蒙男性形象。作者对这两类人物的描写,一般是采取多种写作手法,并以具体的表现反映人物特点。作者往往开门见山,清晰而具体地概括人物的特征,如外貌、神态、复杂感情等,直截了当地表达对人物的评价和看法。例如:

> 他身材魁伟,相貌平平,颧骨突出,像是微微有些发胖,眼和嘴巴上总带着一种奇有的微笑,但何青觉得,任何人只要一看见他脸上那种善良的神气,就会立刻觉得他会像自己的某一位亲人,就会感到他可以相信、依赖、忠实。

本段出自苗长水的《冬天与夏天的区别》。作者用一系列的形容词对人物形象进行标记,让读者对人物有更准确的把握,能够捕捉到主人公身上的可贵、可靠、忠实的品质。

> 军长的名字叫沈振新,是个中等身材的人,乌光闪闪的眼睛上面的两道浓眉,稍稍上竖,额头有些前迎,虽然在额头和眼角上已经显出几道浅淡的皱纹,却并没有减煞他的英武的神采。

本段是吴强的《红日》里对军长的简单描述。通过这些直接描述,表现出了军长勇敢、高尚的人物形象。

在《高山下的花环》中,韩玉秀是一位孝顺贤惠、温柔善良的姑娘。韩玉秀一边养家糊口,一边替亡父恪守孝道。在生活中遭遇苦难时,她不卑不亢,隐忍坚强。作者塑造的典型的中国传统良家妇女的形象是这样的:

> 秀长的眉眼，细白的面皮，要不是挂着哀思和泪痕的话，她一定会给人留下一种特别温柔和恬静的印象。她上身穿件月白布褂，下身是青黑色布裤，褂边和裤角都用白线镶起边儿，鞋上还裱了两绺白布（后来我才知道，她是按古老的沂蒙风俗，为丈夫服重孝）……

在对沂蒙题材文学的创作背景、地域特色及叙事特征进行了概述之后，我们将研究其思想内涵及艺术特色。从美学的角度来看，沂蒙题材文学是一种符合大众审美的地域文学。沂蒙题材文学充分吸取了沂蒙当地的人文与地理特征，在传承传统文化的基础之上，在革命话语同本土话语的双向连接中，在其地域性思想和沂蒙精神的影响下，以真挚的情感、特别的形式、真实的内容，大量地撰写着沂蒙的审美世界。作者采用一系列多样化审美，用多种叙事策略对人物进行描写，进行地域性的人文关怀，使文本富有美学价值。

在沂蒙题材文学中，历史小说尤其值得关注。《红日》的作者吴强说过："我不是写战史，却又写了战史，写了战史，但又不是写战史。"战史仿佛是作品的基地，战时作品的具体内容、情节、人物、活动都是在这个基地上建立生长起来的。同样，在英国经典文学中，历史小说也受到了关注，布拉德伯里（Malcolm Bradbury）指出："许多英国小说家再次转向历史，回顾性质的作品蔚然成风。”[①]这一时期的很多作品不再是传统意义上的历史小说。作家们在运用传统的历史叙事时，又质疑了此种叙事的可信性和权威性。在告别传统叙事的同时，历史小说深受当时的社会历史和哲学理论的影响，既与理论相呼应又对理论作出反思。沂蒙题材文学作品主要的价值体现在对于沂蒙精神的传承和对中国故事的讲述。

三、沂蒙题材影视文学

20世纪，影视作品开始涌现，在人们的日常生活中占据了重要的位置。文学作品也相应地成为影视改编以及其他新媒体传播的重要素材，对人们的文化生活起着极其重要的作用。文学作品为众多影视创作者提供了艺术灵感和创作源泉。自从1899年文学经典《灰姑娘》(*Cinderella*)被搬上荧幕以来，影视创作开始积极地从文学中汲取灵感。据美国学者琳达·赛格(Linda Seger)统计，85%的奥斯卡最佳影片改编自文学作品。[②]根据《伊利亚特》改编的《特洛伊》，根据《神曲》改编的《但丁的地狱》，根据《哈姆雷特》改编成《王子复仇记》，根据《少年维特之烦恼》改编成的同名电影……文学作品为影视创作提供了丰富的素材，同时通过影视的形式，文学经典得以传承，从而获得新的生命。文学作品

① Malcolm Bradbury, *The Modern British Novel*, Beijing: Foreign Language Teaching and Research Press, 2005, p. 451.

② 参见陈林侠：《从小说到电影——影视改编的综合研究》，中国社会科学出版社2011年版，第1页。

改编成影视剧应该有一定原则，对此国内外一些学者有着不同的观点。夏衍认为："假如要改编的原著是经典著作，如托尔斯泰、高尔基、鲁迅这些巨匠大师们的著作，那么我想，改编者无论如何总得力求忠实于原著，即使是细节的增删、改作，也不该越出以至损伤原作的主题思想和他们的独特风格。"[①]文学作品和影视作品毕竟属于不同的艺术范畴，作为语言艺术形式的小说和视觉艺术形式的电影，都有各自的表现手法和艺术特性。

影视文学是随影视艺术的出现而产生的新的文学样式，最常见的具体表现形式是影视剧本、电视散文、电视小说等等。影视文学通过文字语言的叙述、描写、抒情，以及适当的议论，使读者通过联想在头脑中形成具体、形象的反映现实生活的画面。影视文学是一种独立的文学样式，具有文学与影视的双重特性。影视的文学性是衡量影视作品质量优劣的标准之一，其具体表现作品的抒情性和诗意。例如，沂蒙题材电视剧《沂蒙》以"沂蒙母亲"王换于为主人公于宝珍的原型，通过描述于宝珍一家在国家危难、民族危亡之时所表现出的无私无畏、前赴后继的英雄壮举，讴歌了沂蒙人民英勇无畏、前赴后继的精神，真实体现了沂蒙之魂。《沂蒙六姐妹》讲述了沂蒙杰出女性代表"沂蒙六姐妹"带领全村人支援前线而忘我拼搏的感人事迹，展现了以六姐妹为代表的沂蒙女性为中国革命胜利作出的无私奉献和巨大牺牲，

---

① 会林、陈坚、绍武编：《中国文学史资料全编（现代卷）18：夏衍研究资料》，知识产权出版社2010年版，第200页。

她们是投身时代、共赴国难、报效国家的女英雄。该影片展现了波澜壮阔的战争背景下的普通人物的性格、行动和命运,谱写了一曲可歌可泣的女性赞歌。

歌剧,简单而言,就是主要或完全以歌唱和音乐的方式来交代和表达剧情的戏剧,是唱出来的戏剧。新中国成立70周年的献礼剧目《沂蒙山》,以发生在沂蒙抗日根据地上的大青山突围、渊子崖保卫战等史实为创作素材,讲述了抗日战争时期,沂蒙百姓与八路军“同生同死一家人,随时能拿命换命”的感人故事:抚养海棠长大的舅舅孙九龙为了掩护受伤的八路军而牺牲;新婚的丈夫林生加入八路军走上了前线,为了掩护乡亲们献出了生命;为了保护八路军的后代小沂蒙,海棠不得不忍痛牺牲了自己的儿子……该剧注重共性的表达,通过讲述根据地军民同甘共苦、生死相依的故事,刻画出“沂蒙人”这样一个群体形象,以承托“沂蒙山”这一宏大的主题。例如歌剧第三幕中,在面对“交出八路军”或“大火封洞死全村”的两难抉择时,八路军夏荷准备带领伤员挺身而出来换取百姓的安全。海棠欲顶替,孙九龙说:“站住,沂蒙山的男人还没有死绝! 谁跟俺去!”此起彼伏的回应声在人群中响起:“算俺一个!”“俺去!”“还有俺!”这种场景的刻画使村民们的人物性格跃然于舞台,塑造出了有情有义的沂蒙群像,悲壮之情油然而生。该剧塑造了以海棠、山妮子为代表的沂蒙女人,无私奉献中多了干练坚韧,为沂蒙红嫂注入新的内涵;以林生、孙九龙等为代表的沂蒙男人,淳朴善良中多了血气方刚,让沂蒙汉子的铁血在舞台飞扬；以夏荷、赵团长为代表的八路军指战员，英雄气概中多了赤子情怀。他们每一个人都是有血有肉、充满个性的个体，但共同谱写了承担国难、英勇抗战、无私奉献的英雄史诗，共同诠释了“军民水乳交融、生死与共铸就的沂蒙精神”。民族歌剧《沂蒙山》所塑造的英雄群像，不仅具有艺术的审美功能，更具象征意义，在他们身上体现出的民族表情、民族性格、民族精神，使观众对沂蒙精神的内涵有更加深刻的认知和感悟，能够引导人民树立和坚持正确的历史观、民族观、国家观、文化观，增强做中国人的志气、骨气、底气。

总之，沂蒙题材文学的作家们不仅同气连枝，秉持着相近的文学理念，而且个性鲜明，独具匠心。那些烙印在作家头脑之中的经验、沂蒙历史记忆、社会生活现象、传统道德观念、现代文艺创作手法等思维虚体也潜移默化地形成了一定的感官刺激，从而激发作者产生了相应的创作动机，为后续的艺术创作奠定了基础。研究沂蒙题材文学的创作背景是其海外传播的基础所在。同为红色革命圣地，为何延安地区和沂蒙山区的文艺能够自成一家，沂蒙题材文学如王汝涛的历史小说《偏安恨》《巾帼藩王》、赵德发的小说、刘玉堂的乡土系列小说、陈玉霞的《心祭》、靖一民的《月难圆》等无不充分地显示出沂蒙题材文学的生机之态。赵德发的长篇小说《缱绻与决绝》以沂蒙地区这片古老、神圣的土地为背景，以本土素材为基本题材，以沂蒙人民为原型，集中体现了沂蒙文学的文化底蕴与哲学思考。

沂蒙特定的地理环境、深厚的历史文化底蕴与地域文学创作之间的联动机制，引领着沂蒙题材文学经历了一次又一次的文学转型，见证了沂蒙题材文学的繁盛与衰败，复兴与创新，有利于实现地域文学的灵活发展，这也是沂蒙文学得以存续的创作内驱力。这种内驱力具体表现为地理、文化、文学的“三位一体”，即山川锦绣、钟灵毓秀的沂蒙地理环境，忠孝重义、家国一体的沂蒙传统文化和多彩多元、感人备至的沂蒙文学创作三者的综合作用。沂蒙题材文学以山东沂蒙乡土为发源地，探究以沂蒙地域文化为主导的多元文化，将阐释、传承和弘扬沂蒙内涵与沂蒙人民脱贫攻坚、乡村振兴发展路径整合在一起，映照新时代重大题材，书写新时代沂蒙区域的新内涵和新特征，进而探索中华民族伟大复兴的中国道路、中国精神、中国力量。

第二节　沂蒙题材文学的传播价值

文学的传播价值取决于自身的价值以及满足社会需要的程度。沂蒙题材文学创作的文化背景承载着丰富的中华优秀传统文化内涵。习近平总书记将“讲好中国故事”作为一项工作要求提出，沂蒙文化也获得了“走出去”的新的发展契机。

沂蒙题材文学蕴含的沂蒙文化因特定的空间背景

和地理环境而存在，具有地域特色，散发着独特的艺术吸引力、情感震撼力、理论说服力和时空穿透力。区域文化具有鲜明而独特的个性特征，形成了丰富多元的内涵，提供了人类学意义上的地方性知识。沂蒙文化孕育的沂蒙精神与新时代主旋律相契合，以沂蒙精神为主题的文艺作品如民族歌剧《沂蒙山》、舞剧《乳娘》、吕剧《大河开凌》得到了业内和社会的高度评价，广为流传的《沂蒙山小调》带着高昂的节奏成为沂蒙山的代名词，展现出了极强的艺术吸引力。沂蒙题材影视文学《沂蒙》还原了山区人民艰苦的生活环境，描写了沂蒙人朴实、勤劳的性格特征。电影《沂蒙六姐妹》《沂蒙老兵》《梦想沂蒙》等根植于这片红色沃土，展现了至诚至坚的沂蒙乡情。沂蒙地区民风一向淳朴，从古时《二十四孝》中的王祥卧冰求鲤到革命年代的军民鱼水情谊，再到当地人民艰苦创业，无不体现了沂蒙文化的内涵。

一、沂蒙题材文学传播是增强文化自信的需要

文化自信对于一个国家和民族发展的重要性不言而喻。中华文明博大精深，不同地域、不同时代的文化呈现各自的特点，在相互交融的同时，也需要扩大对外传播，深化同世界各国文化的交流。我们要将符合世界文明发展趋势、符合文化命运共同体理念、符合各国文化发展需求的先进文化向海外传播，让世界进一步认识、理解与认同中国文化，这是新时代文化自信的要义，也是弘扬人类普适性价值观念、构建人类命运共同体的

内在需求。文化的定义多达180余种,可以分为广义的文化和狭义的文化。广义的文化是指人和环境互动而产生的精神物质成果的总和,它包括一切经过人的改造和理解,而别具人文特色的物质对象。狭义的文化是指生活方式、价值观、知识以及对人类具有积极意义的技术成果,也就是社会发展进程中物质财富和精神财富的总和。文化的核心是人的行为模式和价值观。价值观包含许多种类,其中最重要的一种是道德价值观。道德价值观至少包含三个层面:第一,人际关系层面,即人与人的关系;第二,物际关系方面,即物与物的关系;第三是人物关系方面,也就是人和物的关系。其中涉及人际关系方面的道德价值观最为重要,主要反映在六种人际关系中:父母子女关系、君臣关系、夫妇关系、兄弟关系、朋友关系和他人关系。这些关系所产生的道德理念是孝道和君臣之间的忠恕之道,也就是中国传统道德理念原则中的仁义礼智信。[①]以仁爱为根本的道德观念正是沂蒙题材文学中的沂蒙文化所推崇的核心道德观念。

中国文化在世界上产生了强大的影响力,正如梁漱溟所言:

> 北至西伯利亚,南迄南洋群岛,东及朝鲜、日本,西达葱岭以西,皆在其文化影响圈内。其邻近如越南如朝鲜固无论;稍远如日本如暹罗、

① 参见辜正坤:《中西文化比较导论》,北京大学出版社2007年版,第158页。

缅甸等，亦泰半依中国文化过活。更远如欧洲，溯其近代文明之由来，亦受有中国之甚大影响。近代文明肇始于十四五六世纪之文艺复兴；文艺复兴，实得力于中国若干物质发明（特如造纸及印刷等术）之传习，以为其物质基础。再则十七八世纪之所谓启蒙时代理性时代者，亦实得力于中国思想（特如儒家）之启发，以为其精神来源。[①]

德国哲学家凯泽林伯爵（Count Keyserling）认为古代中国形成了最完美的社会形态，创造了为今日人们所知的最高级的世界文明。中国的古诗可以追溯到公元前1700年，中国古代哲学历史悠久，中国字画无与伦比，更重要的是中国有着最理想的政体和伦理道德。[②]事实上，中国文化还对美国诗人史蒂文斯（Wallace Stevens）、庞德（Ezra Pound）等产生过深刻影响。中国文化不仅在国人眼中是令人骄傲的，在西方人的眼中也是别具一格。中国文化曾在国外掀起传播的高潮。自从丝绸之路开辟以来，中国的四大发明、茶文化、瓷器文化不断地被传播到海外。尤其在唐朝，由于当时中国经济和文化的高度发展，中国成为世界经济和文化中心，不少外国人来到中国，将中国文化介绍到海外。不管是中国古代的哲学思想、语言文字、科学技术，还是中国的

① 梁漱溟：《中国文化要义》，上海人民出版社2005年版，第8页。

② 参见彭萍：《社会叙述理论与京剧英译和传播》，中译出版社2019年版，第67页。

农业、工业、商业、风俗习惯等方面，均对邻国乃至东方都产生了不可估量的影响。

党的十九届六中全会指出，文化自信是一个国家、一个民族发展中最基本、最深沉、最持久的力量。没有高度的文化自信，没有文化繁荣兴盛，就没有中华民族的伟大复兴。在翻译方面，我国引进的图书上百年来远远多于输出的图书，使得中外文化交流和传播方面存在严重的入超现象。没有文化自信就不可能保证中国文化向外传播，坚定文化自信最根本的应该是坚守文化之本。文化自信是传播中国文化的基础和根本。文化自信在于文化自觉，在于对优秀传统文化历史价值的认同，在于对优秀传统文化当代价值的挖掘。所谓文化自觉，正如郭齐勇所言："是对这一文化的方方面面、来龙去脉、内涵与特色有深切的了解，能以健康的心态与理性的精神，如实分析其历史作用、利弊得失与未来发展的契机、潜能或困境。"[①]沂蒙文化自身的丰富内涵、多彩魅力、崇高品质，是其敢于走出沂蒙、走向世界的信心所在。这种信心是中国特色社会主义文化自信的缩影，向海外传播这样的文化，就是在全球范围内彰显中国特色社会主义的先进性。

二、沂蒙题材文学传播是增进对外文化交流的需要

文化交流是各国人民增进了解、深化友谊的重要渠道，中外文化交流意味着异质文化对中国文化内化的接

① 郭齐勇：《主持人语》，《孔子学堂》2017年第4期。

受。在人类最早的沟通中,中国人走在最前面。公元前139年到公元前115年,汉武帝派张骞两次出使西域,打通了中国与中亚、西亚、南亚乃至通往欧洲的陆路交通。公元522年,中国佛教东传日本,中国典籍也随之大量传入日本。到了唐朝,文化上承接了汉朝的开放潮流,与异质文化的交流更加频繁。而文化的交流往往伴随着经济的发展。到了明代,郑和先后七次下西洋,历经28年到达30多个国家,真正拓展了海上的丝绸之路。随着国与国之间的频繁往来和交流,外国人对中国文化的认识和兴趣越来越深。对中国文化的研究在西班牙、意大利、法国、英国、德国、俄罗斯等主要西方国家逐步发展起来。因此,想要中国文化保持影响力和生命力,就必须增强文化自信,必须不断加强中外文化交流互鉴。

19世纪中叶以来,中国文化在世界上的地位一度衰微,中西文化交流一直以西学为主。但是近40年来,中国经济的发展带动了国际地位、国际影响力和国际竞争力的提高。进入21世纪以后,中国经济实力进一步提升,海外受众对中国文化的兴趣日益剧增。中国文化走出去和讲好中国故事,传播好中国声音,不仅能够让海外受众更加深刻地了解中国文化,还能使许多西方人叹服的中国文明重新为世界作出更大的贡献。沂蒙题材文学作为中国文化的一部分,它的传播为中外文化交流提供了优秀的素材,也为传播中国声音提供了丰富多元的精神内涵。

三、沂蒙题材文学传播是促进区域经济社会发展的需要

习近平总书记在主持十九届中共中央政治局第三十次集体学习时强调："要深刻认识新形势下加强和改进国际传播工作的重要性和必要性，下大气力加强国际传播能力建设，形成同我国综合国力和国际地位相匹配的国际话语权，为我国改革发展稳定营造有利外部舆论环境，为推动构建人类命运共同体作出积极贡献。"

随着中国进入商品经济的时代，沂蒙人重精神轻物质的传统观念成为他们的束缚，但是市场时代催促着他们勇敢前行。正如小说《祖祖辈辈》里在商品经济上沉寂了数千年的"律条村"，迈开大步迎接商品经济时代的到来。改革开放以后，经济建设逐渐成为社会活动的中心，沂蒙地区也围绕着这个中心发生了一系列的变化，经济大潮也开始在沂蒙大地上风起云涌。

大力发展具有地方特色的区域文化，努力打造地域文化品牌，已经成为各地的共识。沂蒙的地域文化品牌资源得天独厚，而沂蒙人对打造沂蒙地域文化品牌的重要性也有着深刻的认识。在20世纪80年代，临沂市政府就已经有了打造沂蒙文化品牌的明确意识。几十年来，临沂市不断加大宣传和弘扬沂蒙精神的力度，并成功打造了临沂的城市品牌、文化品牌和旅游品牌。就旅游品牌而言，临沂有"红色风情旅游""绿色沂蒙旅游""文韬武略旅游""地质奇观旅游"等品牌。此外，临沂大

学还成立了“沂蒙文化研究院”，沂南县的红嫂故里也建立了“沂蒙红色影视基地”。2009年12月电视剧《沂蒙》在央视8套播出，获得了巨大成功，中央电视台授予《沂蒙》最高收视率奖和最佳热播剧奖。观众对电视剧的认可就是市场的认可。在市场经济的条件下，《沂蒙》打造了潜在的品牌意识。电视剧《沂蒙》以波澜壮阔、风起云涌的宏大历史进程为叙事背景，有意把重心放在了山东沂蒙马牧池村一个普通农民家庭投身于中国革命的斗争上进行叙事，从一个平民的视角抓住了普通观众的内心，其较高的收视率也体现了观众对沂蒙地域文化的认同。文化产业是第三产业的重要组成部分，对推动区域经济社会发展具有重要意义。因此，把沂蒙文化产品推向世界，既能传播沂蒙文化，也能产生经济和社会效益。

四、沂蒙题材文学传播是沂蒙文化普及的需要

正如乐黛云所言：“文化显然不可以，也不应该一体化。文化从来就是多元的。各个人类群体的生存环境不同，语言不同，传统和习惯不同，文化也就各不相同。必须有不同文化的互相启发、互助促进，构成丰富多彩的文化生态，人类才有发展前途……这和自然生态一样，没有树林的覆盖，没有多样化的自然发展，没有各种生物的相生相克，那就会变成一片自然的沙漠。如果没有不同的文化之间的和而不同，多元并存，我们的文化

也会变成文化沙漠。”[①]保持文化多元就要尊重和平等对待文化他者世代相传的语言、思想信仰、知识习俗、技艺价值、象征符号中本国文化不同的地方。

沂蒙题材文学中包含了沂蒙文化的普适性。沂蒙作家书中的情感描写是最让人沉醉的。刘玉堂笔下的爱情过程曲曲折折，心理描写细腻，注重过程与体验，并且与功利性保持了一定的距离，让读者沉醉于整个过程之中。他的小说《乡村温柔》里描写的美好爱情不掺杂任何利益因素，让读者产生情感的交集与共鸣。在赵德发的小说《通腿儿》里，对沂蒙人民温暖的亲情的描写特别真实。在小说《临时工》里，提到了“吃百家奶”的一个古老的习俗。“吃百家奶”是指新生儿的母亲没有奶水，周围其他在哺乳期的母亲主动给这可怜的孩子喂奶，体现了沂蒙人民的浓浓亲情。在小说《本乡本土》里，刘玉贞有很多次脱产转干的机会，但因为家里有年幼的弟弟需要抚养，刘玉贞苦苦支撑这个家庭，拼命供弟弟上学。书中一幕幕浓浓的亲情让读者为之动容。在小说《乡村温柔》里，韩香草对牟葛彰的评价是：“你这个庄户表情就是永远想为别人做点什么的那种表情，你不是凭着能说会道，也不是靠着烟酒探路，你这个表情就是通行证，人家一眼就能看出你是个老实人，勤快人，不给你找点活干不忍心，过意不去。”[②]着实描写出了沂蒙人为他人

① 乐黛云：《中国文化与全球化人文讲演录》，江苏教育出版社2003年版，第307～308页。

② 刘玉堂：《乡村温柔》，黄河出版社2007年版，第266页。

着想的品质。这种品质与革命战争年代沂蒙民众冒着生命危险掩护与救助革命战士一脉相承。

在历史洪流中，一种精神如果始终符合时代特征，契合时代要求，推动时代发展，那么就能够历久弥新，长盛不衰，具有时代价值。今天我们正处于中华民族伟大复兴的新时代，伟大的时代需要伟大的精神，伟大的精神同样需要伟大的时代。一个前进的时代总有一种奋发向上的精神，一项伟大的事业也必将产生崇高的精神，这种奋发向上崇高的精神又会支持和推动时代的前行。因此，弘扬沂蒙文化孕育的沂蒙精神是推动时代发展的需求，也是传播沂蒙题材文学的价值所在。

第三节　沂蒙题材文学创作的文化背景

沂蒙地区有着悠久的文化传统，几千年来，孕育了底蕴深厚的沂蒙文化。沂蒙文化与齐鲁文化密不可分，是中华民族优秀传统文化的重要组成部分，同时又具有鲜明的地域特色和时代特征。沂蒙题材文学书写的沂蒙文化是历史的，也是现实的；是中国的，也是世界的。本节将对沂蒙文化的丰富内涵进行探讨。

一、沂蒙传统地域文化

沂蒙传统地域文化是以沂沭河流域和沂蒙山区为地缘而产生的区域文化，这一地域文化历史悠长，为中国的发展作出了重要贡献。

从远古沂源猿人创造的旧石器文化开始，沂蒙文化经历了漫长的具有阶段性特征的发展历程。沂沭河流域在旧石器时代的遗址有沂源猿人遗址、沂水南洼洞遗址、日照秦家官庄遗址等。在新石器时代，从北辛文化（距今约7300～6100年）到大汶口文化（距今约6100～4600年）再到龙山文化（距今约4600～4000年），这些文化序列分明，是中华文明的源头之一。夏商周时期沂蒙先民所创造的文化属于东夷文化。夏之前的莒部落、商代的姑幕国都具有较高的文明水平。西周至春秋战国时期，在齐鲁文化之外，地处沂蒙的莒国也有自己灿烂的文化，对齐鲁文化的形成作出独特贡献。《汉书》卷二十八下《地理志第八下》曰："东夷天性柔顺，异于三方之外。"《说文》段注云："夷俗仁，仁者寿，有君子不死之国。"这说明儒家文化中最核心的概念"仁"源于东夷文化。东夷地区有着好让不争的民风，人称之为君子之风。儒学发扬了东夷"仁"的思想，因此属于东夷文化的沂蒙原生文化自然也是儒家文化、齐鲁文化的重要源头。明清时期，沂蒙之士在尊儒重教之风的基础上，形成了"经世致用"、匡时救弊的"经世"思想，积极入仕、服务社稷成为沂蒙地区的文化主流。

1.重德行

原生的东夷文化和中原文化相互融合，涌现了一批儒学之士。闵子，名损，字子骞，春秋鲁国人。他在孔门弟子中德行高尚，孔子曾说："德行：颜渊、闵子骞、冉伯牛、仲弓。言语：宰我、子贡。政事：冉有、季路。文学：子游、子夏。”由此可见，在孔子心中，闵子骞是个德行高尚的弟子。据载齐相晏婴也说：“德不盛，行不厚，则颜回、骞、雍侍。”他把闵子骞与颜回、仲弓并称，认为三人都是德行高尚之士。闵子骞提倡儒家的孝悌精神，还坚信儒家的仁义之道，一生淡泊名利。闵子骞对儒学传播的贡献是他对孔子的“以德治国”主张的推行。据记载，他曾问政于孔子，请教如何治理国家的问题。孔子说：“以德以法，夫德法者，御民之具，犹御马之有衔勒也。”孔子这里所说的“法”是指儒家治国的礼仪制度，孔子的意思是治国应该实行德治，认真贯彻儒家的礼仪制度，闵子骞对此一度推广。

诸葛亮，字孔明，号卧龙，琅琊阳都人，三国蜀汉杰出的政治家、军事家。他一生重德行，讲忠诚，勤政清廉，鞠躬尽瘁。诸葛亮主张仁政与德治，认为品德高尚者依靠静来修养身心，依靠简朴来培养品德，而治国必先修身。

此外，沂蒙儒学之士还有子路、曾皙和曾参父子、澹台灭明、高柴、原宪、荀子等。

2.重孝悌

沂蒙人民重孝悌，孝悌文化源远流长，也是沂蒙地域文化的重要组成部分。东夷文化以孝悌思想为基础，体现了“仁”的内涵。因此，在沂蒙历史上孝行的故事很多。

郯子，春秋时期郯国（现在临沂市郯城一带）的国君。郯子年轻时为人至孝，父母年老又患眼疾，想喝一点鹿乳。于是郯子穿上鹿皮做的衣服进入深山，混入鹿群之中，取来鹿乳，供双亲饮用。当时猎人以为他是鹿，正要开弓射杀。郯子站了起来，告知实情，感动了猎人。“鹿乳奉亲”表现了孝子为满足父母的要求而不怕艰难险阻的精神。

子路，姓仲名由，春秋时期鲁国人（今临沂市平邑县人），是孔子的得意弟子。子路十分孝顺，为了奉养双亲，在离家百里的地方买了米，却没有钱雇车，于是步行背米回家。后来子路拜孔子为师学习儒家学说，学习治国之术，在孔门“四科”中他以“政事”著称。

孝悌思想是沂蒙地域文化的重要内容，它存在于各种教育之中，无论是家庭教育、学校教育还是社会教育，都非常重视对青少年的孝悌思想教育。据《临沂县志》记载，临沂的宋氏家族自明代开始，以孝悌传家，人才辈出。孝悌教育在官学或私学中一直没有间断，各级学校都对学生进行孝悌教育，强调或进行孝悌思想教育成为当时的校规之一，使孝悌教育成为沂蒙教育的重要内容。

3.重忠义

忠义是中华民族的优秀文化元素之一，忠的内涵分为多种层面，忠于国家、忠于人民、忠于事业是历代儒家所提倡的。忠诚大义是诸葛家族的传统，以诸葛亮为代表的诸葛家族都是忠贞之士。诸葛亮初见刘备时，就曾称赞刘备是“信义著于四海”，这也是他投靠刘备并为之效力的基本原因之一。诸葛亮以信义为处事原则，认为“人之忠也，犹鱼之有渊，鱼失水则死，人失忠则凶”[①]，把忠作为一条择人的标准。他一生追求忠贞，对部属也以忠贞来衡量。在《出师表》中，他向后主刘禅推荐郭攸之、董允等人，首先他看中的就是“志虑忠纯”“贞良死节之臣”。在《后出师表》中，“凡事如是，难可逆见。臣鞠躬尽瘁，死而后已”这句话表达了诸葛亮愿为国君尽忠的心情。除诸葛亮之外，诸葛家族还有诸葛丰、诸葛瑾、诸葛恪、诸葛诞等忠义之士。

颜真卿，字清臣，号应方，琅琊临沂人。颜真卿重大义，关注国家命运和百姓利益。在安禄山反于范阳时，颜真卿号召周边各郡县平叛，在平原城西门外聚义誓师，他为国尽忠，视死如归。颜真卿在书法史上具有崇高的地位，其原因在于他的书品与人品的高度统一。在中国古代传统的审美价值观中，儒家所倡导的“以善为美”往往要求艺品与人品相一致，达到德艺双馨的境界。颜真卿本人爱国爱民，刚正无私，其书法的宽厚正向与其人品相一致。当人们看到气势雄伟的颜字，就会想到颜真卿不向邪恶屈服的、为国家为民族献身的忠诚大义，自然而然形成了书法美与人品美相统一的审美氛围，极大提高了颜字的审美价值。

---

① 诸葛亮撰，梁玉文等译注：《诸葛亮文译注》，巴蜀书社1988年版，第215页。

二、沂蒙红色地域文化

近现代以来，进步思潮不断涌现，“经世致用”思想激发了大批有志之士去探索救国救民的道路。沂蒙近代革命文化以反抗外来侵略势力和国内反动统治而体现出来的爱国主义精神为基本特征。这一革命文化具有反帝反封建和继承弘扬优秀沂蒙文化的特点。随着新文化运动的开展，民主和科学思想也在沂蒙地区广泛传播。马克思主义为先进的知识分子所接受，这为建立沂蒙革命根据地奠定了基础。沂蒙革命根据地，是中国共产党在抗日战争初期开辟、创建的全国著名的几大革命根据地之一。沂蒙革命根据地指以沂蒙山区为中心、以今临沂市为主体的山东东南部地区。这一区域大体上包括今临沂市、济南市莱芜区和枣庄市的全部地区，泰安市的东南部，淄博、潍坊、青岛三市的南部，济宁市的东部以及江苏徐海地区的北部。虽然受战争环境的影响和革命斗争的需要，行政区划和隶属关系几经变动，但“沂蒙”一词作为山东中心根据地(解放区)的代称，却是一个公认的客观事实。沂蒙山区因抗日战争和解放战争而闻名，当时的沂蒙是山东、华东的政治、军事和经济中心，有山东的“小延安”之称。[①]

沂蒙红色地域文化是先进的文化，是沂蒙党政军领导带领沂蒙人民勇担革命任务中创造的一切精神和物

---

① 参见徐东升:《基于沂蒙精神育人的社会主义核心价值观教育研究》,山东人民出版社2015年版,第131页。

质文化的总和。承载沂蒙红色文化的物质载体主要指革命遗址、遗迹、遗物、纪念性空间(比如烈士陵园、展馆)等。临沂地区现有55处革命遗址及纪念建筑物。[①]其中孟良崮战役烈士陵园、华东革命烈士陵园、八路军第一一五师司令部旧址暨省政府成立纪念地是全国爱国主义教育示范基地。除此之外,还有承载着沂蒙人民拥军支前精神的遗物,例如拥军布鞋、胶轮手推车、担架、石磨、鏊子等,他们见证了沂蒙人民的光荣历史与难忘历程。此外,革命根据地时期流传下的报告文学、小说、诗歌、战地摄影、文艺演出剧目、创办的报纸杂志甚至是流传各地的口号也构成了丰富的沂蒙红色文化遗产,从这些文化元素中可以提炼出沂蒙红色地域文化。

1.坚定信念

理想信念对人的行为有激励和导向的作用,没有理想信念就没有人生前进的动力。一个人有了坚定正确的理想信念,就能不懈努力、执着追求;一个国家和民族有了坚定正确的理想信念,就能披荆斩棘、攻坚克难。在沂蒙地区战斗过的党政军领导信念坚定,砥砺前行,为沂蒙人民带来了先进的思想观念和奋斗目标,无论遇到什么样的困难,沂蒙党政军领导对理想信念矢志不渝,对党和人民无比忠诚,牢固树立共同的信念和远大理想,革命意志不涣散,能够正确认识最高纲领和最低纲领的辩证统一。

---

① 参见汲广运、王厚香:《沂蒙精神的地域文化渊源研究》,山东人民出版社2017年版,第170页。

沂蒙地区是山东比较早的传播马克思列宁主义的地区之一，马克思主义先进文化的传播，播撒了革命的火种，为沂蒙地区中共早期地方党组织的创建奠定了思想基础。[①]王尽美、黎玉、郭洪涛、朱瑞、李清漪、李清潍、陈明、辛锐等都是沂蒙红色思想的代表人物。

王尽美(1898～1925)，山东莒县人。1921年春他和邓恩铭发起成立了济南共产党早期组织，同年7月他还出席了中国共产党第一次全国代表大会。1922年7月他参加了中国共产党第二次全国代表大会。在他的带领和组织下，山东党组织的活动蓬勃开展起来，他介绍刘晓浦、李清潍等人加入了中国共产党。正是这些早期的中国共产党人在沂蒙地区传播了马克思主义思想，用自己的革命实践和大无畏精神践行了党的性质和宗旨，发挥了先锋模范作用，为后来的沂蒙革命根据地的斗争奠定了组织和群众基础。

2.以文化人

沂蒙抗日根据地的各级党政军领导机关十分重视红色教育事业发展，在当地培训和培养了大批革命和建设急需的人才。在抗日战争和解放战争时期，沂蒙的党政军机关创办了各类干部学校，如抗大一分校、山东抗日军政干部学校、八路军第一纵队随营学校、山东战地服务团、山东鲁迅艺术学校、山东公学，以及沂蒙根据地创办的党校等。这些党校和训练班在培养干部和加强

① 参见徐东升、孙海英主编：《沂蒙精神大学生读本》，山东人民出版社2016年版，第51页。

党的建设中起了很大的作用，培育了一大批领导骨干。除此之外，沂蒙党政军机关还创办了若干所高等院校，如华东军事政治大学、滨海建国学院、华东白求恩医学院和山东大学，为国家培养了近万名有用的人才及干部。

在抗战和解放战争时期，沂蒙根据地也特别重视初等教育，加强对农村文化教育事业的领导。在大力发展革命根据地小学和中学的同时，还开展了识字班、庄户学、冬学等民众教育形式，开创了村村办学、户户读书、抗日救国、人人争先的新气象。1941年，山东省妇救会还要求组织妇女识字班。在识字班里，沂蒙根据地的青年妇女们勤学苦练，文化水平提高得很快。她们在学习文化的同时还学习政治，因此识字班不仅仅是一种学习形式，还是一种政治组织形式，成为党组织的得力助手，在拥军优属、扩军支前、生产备战各方面都发挥了积极的作用。与此同时，在莒南县莲子坡村也出现了庄户学，它的出现使沂蒙地区的农民文化运动进入了前所未有的高潮，成为沂蒙民众文化建设史上轰动一时的盛举。同时，庄户学也解决了学习与劳动的矛盾，使该村的儿童入学率达到90%，庄户学之名也由此传开。紧接着，该村又成立了成人班、民兵班以及村干部班，这些班均根据群众的需要和习惯，灵活确定学习内容，教材由当地的教员自编而成，深受群众的喜爱。当时人们以快板的形式歌颂庄户学："庄户学，真正好，群众办，党领导。边识字，边拾草，庄户活，误不了。又写算，又读报，天下事，都知道。大组大，小组小，看忙闲，论老少。子教母，姑帮嫂，自动学，互相教。要自愿，随需要，人人夸，都说妙。”[①]1944年的4月，《大众日报》还专门介绍莲子坡村庄户学的经验，同时延安的《解放日报》也对此作了专题报道。于是，庄户学成为沂蒙根据地普及农村教育的一面旗帜。这一办学形式很快在山东推广开来，创办庄户学的张建华也被省战时行政委员会授予“山东教育英雄”的称号。在解放战争初期，解放区的民众教育主要是通过村学为土改、支前、生产三大任务服务。

在抗日战争时期，沂蒙也出版了一些红色报刊。这些报刊在指导战争革命，正确引导舆论中起着重要作用。《大众日报》是沂蒙根据地办报时间最长、发行量和影响力最大的报纸，在沂蒙存在了近9年的时间，辗转沂蒙9个县的30多个村庄。该报社由初成立时的50余人到1947年的1200余人，发行量也由创刊时的3000份发展到1947年的3.5万份。报社的干部职工一手拿笔一手拿枪，在沂蒙期间对发生在区内的重大事件都做了详尽的报道。160余位沂蒙乡亲先后为了掩护报社的工作人员和资材，献出了宝贵的生命。[②]《大众日报》在沂蒙根据地的出版发行，丰富了居民的精神文化生活，并且对广泛发动人民群众参军参战发挥了重要作用。

---

① 徐东升、孙海英主编：《沂蒙精神大学生读本》，山东人民出版社2016年版，第81页。

② 汲广运、王厚香：《沂蒙精神的地域文化渊源研究》，山东人民出版社2017年版，第194～195页。

沂蒙根据地也活跃着一批红色的文艺团体，主要有八路军第115师战士剧社、山东纵队鲁迅艺术学校宣传大队、抗敌自卫军宣传大队、鲁南剧社、山东省人民剧团、鲁中南区歌剧团等。战时文艺演出在这些文艺团体的带动下进入了蓬勃发展的时期。山东纵队鲁迅艺术学校宣传大队在蒙山前岳家十八村演出了《生产大合唱》《马县长》等剧目；战士剧社在沭水县渊子崖村举行了为期11天的公演；沂蒙国剧社到淮海战役前线和新解放区演出，被誉为“红色战地剧团”。这些演出活动开展了农村戏剧运动，鼓舞了广大士兵的士气，丰富了人民群众的文化生活。

同时，沂蒙根据地也汇集了大批优秀的文艺工作者，他们以文化为武器，为唤起民众、打击敌人进行了艰苦的努力，创作了大批的红色文艺作品。广大文艺工作者深入生活，贴近群众，直接参加各项工作，进一步增强了部队和人民群众的感情，从而创作了大批优秀作品。在诗歌方面，比较活跃的有王希坚、燕遇明、那沙、冯毅之等。其中冯毅之的《炮火与怒火》、王希坚的《翻身民歌》、白玉的《忍痛丢开家》等较有影响。年轻诗人苗得雨被誉为“孩子诗人”。陈毅也创作了一批抒情言志、咏物纪实的诗篇，如《孟良崮战役》《临沂蒙阴道中》等。一些新闻工作者也发表了有影响力的作品。如丁九的《南岩保卫战》、白刃的《坚持沂蒙山区》、韩希梁的《飞兵在沂蒙山上》、康矛召的《草桥之“阅兵”》等。在歌曲方面，影响力较大的有《打蒙阴城歌》《我们的连长何万祥》《跟着共产党走》等。阮若珊作词、李林作曲的《沂蒙山小调》流传至今。当时比较有影响力的画家有陈叔亮、任迁乔等。其中任迁乔的美术作品《翻身》在当时的影响力最大,发挥了积极作用。此外,著名的摄影家郑景康、邹建东等先后拍摄了《刘少奇在朱樊》《日本侵略者放下武器举手投降》等大批作品,成为国家的宝贵财富。在小说方面,发表时间较早、影响力较大的有王力的长篇小说《晴天》、王希坚的长篇小说《地覆天翻记》、刘知侠的中篇小说《铁道队》等。《铁道队》实际上是后来的长篇小说《铁道游击队》的雏形。它是一部反映在抗日战争时期,鲁南地区党领导下的一支游击队在临枣支线、津浦干线上,打击日伪军的交通线、与敌人进行游击斗争的英雄故事。因此,从这个意义上来说,《铁道游击队》隶属于沂蒙题材文学。《铁道游击队》歌颂了铁路工人抗击日寇的顽强意志和英勇战斗精神。故事生动曲折,人物栩栩如生,富有传奇性。《铁道游击队》入选"新中国70年70部长篇小说典藏",被译成英、俄、法、德、朝、越等八国文字。

大量陶冶情操的沂蒙题材文学作品的出现,促进了根据地新民主主义文化运动的蓬勃发展,为抗日战争和解放战争胜利作出了积极的贡献。在沂蒙地区进行以文化人的活动,不仅培养了大批的人才,而且为沂蒙带来了先进的文化教育,提高了沂蒙人民的政党意识和文化水平。

3.清正廉洁

在革命战争年代，山东党政军领导干部特别重视廉政建设，采取了一系列有效的廉政措施。1940年11月7日，山东省战时工作推行委员会发布了《关于招待费及菜金马干费的决定》，该文件明确规定："（一）凡我各级机关、部队、团体间人员相互往来，不得报销招待费，尤其下级政府对上级政府或部队派来之人员，更不得随意招待。自通知之日起，如有招待用费，公家概不准报销。违则由私人负责赔偿。（二）如遇统战来宾及其他特殊情形必须开支招待费时，每人每餐不得超过四角。会议会餐应尽量减少，如必要时，每人不得超过二角五分。各种训练班学员毕业，会餐费不得超过二角。（三）凡我机关、部队、团体人员因公往来时，必须携带菜金；有马匹时，携带马干费，按日交给所住机关管理人员，不得另报客饭、菜金及马干费。"[①]1941年，山东省战时工作推行委员会还下发了各级机关、部队、团体每人一律发五角年节费的规定。1942年春节前夕，发布了《关于招待会餐等费之规定》，同年7月，还颁布了《关于严禁贿赂的决定》。1942年6月，山东省临时参议会，通过了《山东省审计处暂行组织条例》和《山东省审计暂行条例》。山东抗日根据地不但制定了相关的法律法规，而且令行禁止，严肃惩处了贪污腐败分子，《大众日报》还刊载了一

① 山东省档案馆、山东社会科学院历史研究所编：《山东革命历史档案资料选编》（第六辑，1940.10～1941.5），山东人民出版社1982年版，第62页。

些处理反贪污案件的报道。

山东抗日根据地在廉政方面取得了丰硕的成果，具备深远的历史意义。在抗日战争最艰难的时期，老百姓舍生忘死救治八路军伤员，主要的原因就是心悦诚服地认为，共产党领导的八路军是真正的人民的军队，抗日民主政府是为人民办事的政府。这种清正廉洁的正能量，从抗日战争一直延续至今。山东抗日根据地的廉政建设，是中国共产党人清正廉洁的缩影，闪烁着永不磨灭的光辉。

4. 人民至上

在革命战争年代，沂蒙地区的中国共产党党员干部观点鲜明，始终坚持党和人民的利益高于一切。八路军第115师教导第2旅4团政治委员吴岱曾回忆说："在艰苦的战争年代里，最大的拥政爱民，就是要不惜一切代价用战斗来保卫人民政权和群众利益。""平时一切从人民利益出发，保卫群众麦收，助民秋收秋种，生产自救减轻人民负担等。"①

受到革命思想的影响，沂蒙人民勇担革命任务，几十万民工支援淮海战役，涌现出一批模范代表，如"沂蒙六姐妹"、用乳汁救护伤员的"红嫂"、抚养战时托儿所40多名孩子的"沂蒙母亲"等。历经长期的革命斗争，沂蒙人民逐渐培养起爱党爱国、吃苦耐劳、深明大义、公而忘私的革命精神。

---

① 中共临沂市委编：《沂蒙将军颂》（抗日战争卷），山东文艺出版社1998年版，第640、644～645页。

在当代,沂蒙文化孕育的精神在社会主义建设中同样发挥了不可替代的作用。当代沂蒙文化不仅具有深厚的底蕴和民族特色,还被赋予了新的时代内涵,红色沂蒙文化所孕育出的沂蒙精神的弘扬也与新时代主旋律更加契合。沂蒙人民在社会主义建设中继续发扬艰苦奋斗、无私奉献的精神,推动了沂蒙地区的快速发展,并在现代化强国建设中开拓奋进勇于创新。沂蒙各行各业都涌现出了先进模范,如有胆识、敢创新的时代楷模赵志全,带领全村脱贫致富的最美奋斗者王传喜等。将沂蒙革命精神在社会主义新时期得以发扬光大,形成以爱党爱国、艰苦创业、改革创新、敢为人先、不懈奋斗、无私奉献为核心的沂蒙文化精神。传播沂蒙文化中的优秀传统思想文明和优秀地域特色文化,对推进中华民族伟大复兴历史进程具有重大意义。

第四节　沂蒙文化的多元形态

沂蒙文化作为一种地域文化,从齐鲁文化的精神母体孕育而来,继承了以儒家为主的齐鲁文化的精髓,具有深厚的文化底蕴。沂蒙文化是一个完整的文化链,在自史前文化以来的历史文化发展长河中,它汇聚了东夷文化、鲁文化和齐文化中的优秀文化传统;在革命战争年代,经历了烽火硝烟的洗礼,用崇高的心灵筑起了革命奉献的历史丰碑;在改革开放的经济大潮中,沂蒙人民在革命老区中率先脱贫致富，取得了骄人的成绩，为老区的经济现代化积累了宝贵的经验。沂蒙人民以艰苦卓绝的劳动和无私无畏的奉献精神，创造了举世瞩目的文化成果。沂蒙文化具有丰富的文化内涵，其文化形态是多元的、开放的，在整体上也是互相补充的。沂蒙文化形态有着不同的表现形式，本节将对沂蒙文化的物质形态、艺术形态和精神形态一一展开论述。

一、沂蒙文化的物质形态

沂蒙物质文化具有地域文化、历史、艺术和科学的价值。承载着沂蒙革命精神和红色文化的物质形态主要是指沂蒙革命根据地时期以来留存下的革命旧址、战争遗址文物、纪念馆、博物馆、纪念地、烈士陵园等。

山东省战时工作推行委员会旧址位于临沂市沂南县青驼镇。1940年，山东省第一届各界人民代表联合大会在此召开。会议通过了《山东省临时参议会组织条例》，制定了《山东省战时工作推行委员会组织大纲》，选举了黎玉等23人为委员的山东省战时工作推进委员会。1967年在旧址上修建了青驼医院，1990年山东省政府为纪念山东战工会成立50周年，对旧址进行重修。

华东革命烈士陵园位于临沂市区金雀山脚下，沂河西岸，是全国重点烈士纪念建筑物保护单位，也是全国爱国主义教育示范基地。1949年4月，山东省人民政府为纪念在抗日战争和解放战争中牺牲的华东地区革命烈士，建立了临沂革命烈士陵园，是华东地区最大的革命烈士陵园。1986年,经国务院批准更名为“华东革命烈士陵园”。该陵园以45米高的五角灯塔式革命烈士纪念塔为中心,塔的东南方向有粟裕骨灰撒放处以及罗炳辉、国际共产主义战士汉斯·希伯墓碑。在西墓区,有常恩多和张元寿的墓。塔后是宫殿式的烈士纪念堂,堂内有表现烈士事迹的浮雕和镌刻烈士英名的石碑。烈士陵园内有毛泽东、周恩来、刘少奇、朱德、任弼时、董必武、刘伯承、陈毅和罗荣桓等党和国家领导人的题词。在革命烈士纪念堂的正面有周恩来的题词“人民革命的烈士们永垂不朽”。背面为任弼时的题词“你们的功绩永垂不朽”。1980年在纪念堂的东侧新建了革命战士陈列馆,反映了党和人民在鲁东南地区的革命斗争史。

鲁东南革命烈士陵园位于莒南县城东部的赤嵋山南坡,陵园内保存了很多珍贵的革命历史资料,有着深刻的文化内涵和历史内涵。陵园门额由时任中共中央政治局委员、中央军委副主席、国务委员兼国防部长迟浩田题写。在陵园的广场正中央有一座花岗石群雕,它再现了战争年代,鲁东南人民在中国共产党的领导下浴血奋战、英勇不屈的无私奉献精神。群雕前的花坛象征着人们对革命先烈的永远怀念。广场的两侧建有仿古烈士英名录纪念碑和芳名碑。该纪念碑上镌刻着全县在抗日战争、解放战争、抗美援朝、抢险救灾中牺牲的烈士。烈士英名录纪念碑背面镌刻着《鲁东南革命烈士陵园迁建碑记》和抗战时期英模录。陈列馆内也记载着鲁东南各个时期的光辉战绩和珍贵史料。该陵园为接受爱国主义教育和沂蒙精神教育提供了最佳的场地。

沂水革命烈士陵园位于沂水县城西北13公里处。沂水县是沂蒙革命根据地的腹地,在历次的革命斗争和社会主义建设中牺牲的烈士共计4531名。沂水县党和人民政府采取修建烈士陵园、节日进行祭扫等瞻仰活动纪念烈士,同时也编写了革命烈士英名录和革命烈士英雄事迹教育后世。1960年建立了沂水县规模最大的烈士陵园。1980年建成了烈士纪念堂,该纪念堂后面是烈士墓地,墓地前立着高大的纪念碑,上面刻着"为国史光"。沂水革命烈士陵园入选第二批国家级抗战纪念设施、遗址名录,也是省级重点革命烈士纪念建筑物保护单位。

沂蒙题材的文献如《沂蒙脱贫带边疆》,作为记载、传承人类文明成果的物质形态,为沂蒙地域发展提供了重要的物质基础。在几千年的发展历程中,随着科技的不断发展和人类信息需求的变化,其物质形态也经历了从简单到复杂、从无纸到有纸、从低级到高级的变化。从临沂市沂水县推出"弘扬沂蒙精神 传承红色基因"革命文物展,到当今的沂蒙数据库的建立,希望人民铭记历史,珍惜当下的幸福生活。

二、沂蒙文化的艺术形态

以沂蒙为题材的文学作品,如吴强的长篇小说《红日》、王汝涛的历史小说《偏安恨》、刘玉堂的乡土系列小说、陈玉霞的《心祭》、靖一民的《月难圆》等，以沂蒙地区这片古老神圣的土地为背景，以本土素材为基本题材，以沂蒙人民为原型，集中体现了沂蒙文学的底蕴风格及哲学思考。

电影《南征北战》是我国首部“史诗”大片，表现了解放战争时期，华东野战军在沂蒙人民的配合下在沂蒙山区发起的孟良崮战役和莱芜战役。影片中的张军长的原型就是国民党精锐部队74师的师长张灵甫，而李军长的原型是当时第二“绥靖区”的副司令长官李仙洲。影片中描写了我军将士英勇作战和解放战争波澜壮阔的宏伟场面，也表现了沂蒙人民的英勇顽强，其中女游击队长赵玉敏的原型就是沂南县塘子村刘月梅。该影片塑造的人物形象从解放军的战士到高级将领都十分成功。

电视剧《沂蒙》也用新的形式宣传和弘扬了沂蒙精神。该影片的主人公于宝珍以“沂蒙母亲”王换于为原型。该影片通过描绘一家人的英雄壮举，讴歌了沂蒙人民英勇无畏、前赴后继的精神。该电视剧播出以后，在社会各界引起了热烈反响，收视率一路攀升。

获得中国电影华表奖优秀故事片奖和精神文明建设“五个一工程”奖的沂蒙题材影视作品《沂蒙六姐妹》讲述了“沂蒙六姐妹”带领全村人民为支援革命前线而忘我拼搏的感人故事。该影片以深厚的思想和艺术魅力征服了观众和专家，博得了社会各界的高度赞誉，被誉为“中国版的《这里的黎明静悄悄》”。电影也被翻译成英文版传播，英文版名字为 *Six Sisters in the War*。

除了沂蒙题材的文学和影视作品之外，临沂市委还调集了一批文化人才，创作了反映沂蒙历史文化的文艺演出，如大型乐舞诗《沂蒙颂歌》、大型水上实景演出《蒙山沂水》等。《沂蒙颂歌》由五部分构成，表现了沂蒙地区深厚的红色文化。《蒙山沂水》的整场演出借鉴了芭蕾舞的表现手法，综合运用了各种现代科技手段，展现了沂蒙的红色文化和绿色风情，荣获了中国舞蹈界最高奖项——“荷花奖”特别奖。除此之外，临沂大学为强化大学生社会主义核心价值观教育，深化高校文化传承创新职能，打造了大学生专业实践实训平台，编排了沂蒙红色乐舞剧三部曲《沂蒙畅想》《沂蒙印象》《沂蒙精神》。

我国大型纪录片《国家记忆·红色沂蒙》再现了沂蒙人民朴素而伟大的情怀，展现了军民生死与共、水乳交融的沂蒙精神。沂蒙精神成为国家记忆，激发了观众弘扬沂蒙精神、传承红色基因之情。纪录片充分诠释了党的初心和使命，是一部让人回顾历史、指导现实同时又增强力量的作品。

三、沂蒙文化的精神形态

沂蒙精神是中国精神的重要组成部分，与中国精神的实质相同，但又有着明显的地域文化色彩。沂蒙独特的自然条件和社会背景形成了源远流长且具有原生性特点的沂蒙文化，这种文化孕育了闻名遐迩的沂蒙精神。沂蒙人民身上既有醇厚的民风、民俗、民情，又有勤劳勇敢、善良正直的品格；既有勇于开拓进取的精神，又有任劳任怨、无私奉献的美德。沂蒙精神是在历史长河中逐渐形成的，是沂蒙文化精华的沉淀和深层内涵。爱党爱军、开拓奋进、艰苦创业、无私奉献的沂蒙精神是沂蒙人民在长期革命和建设实践中形成的群体意识。中国共产党在革命和建设的不同时期创立了伟大的井冈山精神、长征精神、延安精神、西柏坡精神等革命精神。在本质上，它们都是在中华民族革命精神的具体体现，闪耀着共产主义的思想光芒。沂蒙精神从本质上说是先进的，它是随着党的中心任务的发展变化而不断变化的。它是人民群众思想观念、道德意志和精神风貌的集中体现，并且带有鲜明的地方区域特色。

人民性是沂蒙精神的本质特征。沂蒙精神的人民性体现了民族性、普遍性和时代性。沂蒙精神来源于中华民族精神，中华民族精神又反过来影响和促进区域民族精神的形成和发展。沂蒙精神继承了中华民族精神中的团结统一、独立自主、爱好和平、自强不息等精华，与中华民族精神有着密不可分的内在联系，是中华民族精神在沂蒙大地上的具体体现。同样，人民性也体现了普遍性，所以沂蒙精神作为一种先进的文化，具有普遍的指导意义。人民群众的愿望和要求始终代表着社会发展的趋势，人民群众在社会实践中创造出的优秀精神财富就是时代精神，因此沂蒙精神的人民性体现了时代性。时代在发展，人民群众总是在推动社会进步的过程中不断发展完善自己，发挥着创造历史的作用。

战争年代，山东沂蒙老区人民拥护我们的军队。“最后一口粮做军粮，最后一块布做军装，最后一个儿子送战场。”沂蒙的大爱精神为中国革命注入了无穷的希望。八百里沂蒙的每户人家的背后都隐含着动人的故事，沂蒙女儿用自己灵巧的双手为前线的战士们缝制出一件件温暖的军装，用柔弱的肩膀支撑起一个坚定的后方。伟大的沂蒙精神代代相传。在临沂市沂南县以纪念支前群众为主题的革命纪念馆里，在沂蒙红嫂纪念馆的展区里，一个个感天动地的故事诠释了沂蒙文化的精神内涵。朱村每年除夕的第一碗饺子祭英烈的习俗保存至今，蒙山沂水间的英雄故事代代相传。临沂还开展了弘扬沂蒙精神的“百千万”活动，让沂蒙文化孕育的沂蒙精神放射出新的时代光芒。

沂蒙文化就是沂蒙人民在相处的过程中产生的文化现象，它承载着中国丰富的传统文化、精神象征和情感寄托。沂蒙文化的传播也在新时代获得了新的发展契机。新时代是伟大的时代，伟大的时代呼唤伟大的精神，伟大的精神成就伟大的事业。沂蒙精神的传播具有超越时空的恒久的时代价值。这种“红嫂精神”同样走进了对新冠肺炎疫情的阻击战中。八百里沂蒙，有400多名医护战线的沂蒙新“红嫂”，持续战斗在抗疫一线。

五千年中华文明中“和而不同”的中国智慧为讲好中国故事奠定了良好的基础，有效地拉近中外民众的心理距离，可以将“和平发展、和谐相处”的中国理念介绍给世界，向世界传递中国观点和中国智慧，同时也能够提升我国的文化软实力。“讲好中国故事”有助于树立我国的良好形象，而坚定民族文化自信也为“讲好中国故事”提供了可能。沂蒙题材文学的英译与传播可以让沂蒙文化精神走出去，拉近与海外读者的距离，展现中华优秀传统文化魅力。

第三章　社会叙述理论视角下沂蒙题材文学的译介研究

文学作品的传播方式主要是笔头翻译及文字翻译，统称翻译介绍，也就是译介。翻译研究在比较文学研究中被称为译介学。当今的翻译研究已经超越了语言文字技术性转换的层面，进入了对翻译的文化层面的全方位分析和探究，也正是这种翻译研究的文化转向，使得翻译学有了独立的学科地位。翻译是不同文化的人们之间交流思想和情感的手段，使得当今世界政治、贸易、管理和文化等领域的国际交流更加频繁。这些国际交流都是建立在不同文化之间的相互理解的基础之上。随着社会的发展，人们的思想更加解放，视野也更加开阔，跨文化交际中的障碍、敌意和偏见也正在不断消除。因此，在翻译实践的过程中也必须注重跨文化交际的研究。任何一种文化都是和另外一种文化相互影响和渗透的，即使某一种文化暂时处于强势地位，对另一种文化影响相对较大，这种影响也是相互的。也就是说翻译与文化的关系是双向的，翻译参与构建新的文化的同时，也受特定文化环境的制约。赖肖尔（Edwin O. Reischauer）在分析外来文化借助翻译对英国文化产生的影响时说过："任何国家的发明，来自外来影响的产物总是多于本国的发明创造，如果有人要把英国文化中任何受外国影响或源于外国的东西剔除掉，那么，英国的文化就所剩无几了。"[①]季羡林先生说过："若拿河流来做比较，中华文化这一条长河，有水满的时候，也有水少的时候，但却从未枯竭。原因就是有新水注入……而这两次的大注入依靠的都是翻译。中华文化之所以能长葆青春，万应灵药就是翻译。翻译之为用大矣哉。"[②]

第一节　社会叙述理论下的译介者

中宣部国际传播局副局长陈雪亮在2022年3月19日的"第六届全国高等学校外语教育改革与发展高端论坛"上指出，讲好中国故事，传播好中国声音，加强我国国际传播能力建设，翻译工作是基础，翻译人才是核心。要想讲好中国故事，让中国文学走出去，翻译的作用不可忽视。

文学翻译是用另一种语言把原作的艺术意境传达出来，让读者在读译文的时候能像读原作时一样得到启

① 韩江洪：《严复话语系统与近代中国文化转型》，上海译文出版社2006年版，第30页。

② 季羡林、许钧：《翻译之为用大矣哉》，《译林》1998年第4期。

发和感动。因此，文学翻译使用的是具有美学功能的语言，塑造出了原作的艺术形象。事实上，文学翻译家们也是在译入语中再现原作家所创作出来的艺术世界，文学翻译的最高目标就是成为翻译文学。翻译文学在半个世纪以前就已经在我国的文学史上取得了重要的地位。1929年，在陈子展的《中国近代文学之变迁》一书中，翻译文学就占了相当重要的地位。后来又陆续出版了《中国新文学运动史》和《中国小说史》，在这两部著作中翻译文学被作为中国文学的一部分进行论述。

长期以来，人们认为文学翻译只是纯粹技术性的语言符号的转换，体会不到文学翻译中相对独立的艺术价值。意大利著名美学家克罗齐说："如果翻译冒充可以改造某一表现品为另一表现品，如移瓶注酒那样，那就是不可能的。在已用审美的办法创作成的东西上面，我们如果再加工，就只能用逻辑的方法；我们不能把已具审美形式的东西化成另一个仍是审美的形式。"[①]这句话从美学的角度强调了文学翻译的困难。

从社会叙述理论视角来看，文学翻译是一种相对独立的存在形式。很多文学作品出于社会或政治的现实需要被译成多种语言并且还被赋予了新的思想、新的形象。比如说莎士比亚的一句"To be, or not to be, that is the question"就有十几种译法：

① [意]克罗齐：《美学原理 美学纲要》，朱光潜译，外国文学出版社1983年版，第78页。

1. 生存还是毁灭，这是一个值得考虑的问题。(朱生豪 译)

2. 是生存还是消亡，问题的所在。(孙大雨 译)

3. 存在，还是毁灭，就这问题了。(林同济 译)

4. 死后还是存在，还是不存在——这是问题。(梁实秋 译)

5. “反抗还是不反抗”或者简单一些，“干还是不干”。(陈嘉 译)

6. 是生，是死，这是问题。(许国璋 译)

7. 生或死，这就是问题所在。(王佐良 译)

8. 生存还是不生存，就是这个问题。(曹未风 译)

9. 活下去还是不活，这是问题。(卞之琳 译)

10. 活着好，还是死了好，这是个难题啊！(方平 译)

11. 应活吗？应死吗？问题还是……(黄兆杰 译)

12. 死还是不死，这是个问题。(许渊冲 译)

在俄文中也有十几种译法。这些译作各有各的风格，并且具有独特的艺术价值。为了使译作能产生与原作相同的艺术效果，译者就必须在目的语环境中找到能激发接受者产生相同联想的语言手段，这也就要求译作和原作都能成为相同的艺术品。因此文学翻译与文学创作有相同的意义，文学翻译不再是一种简单的语言文字的转换工作，而是一种创造性的工作。郭沫若曾经说过："翻译是一种创造性的工作，好的翻译等于创作甚至还可能超过创作，这不是一件平庸的工作，有时候翻译比创作还要困难。"[①]在这种情况下，文学翻译中的创造性表明了译者以自己的艺术创造接近原著的一种主观努力。德国作家歌德(Johann Walfgang von Goetie)在读了法译本《浮士德》(*Faust*)之后给译者写信说："读了您的译作，我对自己失去了信心。"[②]1970年，当《百年孤独》的英译本出版后，原作者说译者拉巴萨的英译本比他自己用西班牙创作的原著还要好。[③]这就体现了文学翻译过程中译者的再创造。

每一部外国文学原作的翻译都必须经历两个过程。第一个过程是译者对原作的理解和感悟。在这个阶段译者要深入外国作家创造的文学世界，感受外国文学原作的艺术意境，认识和领悟原作的艺术形象，如社会、历史、政治、风俗、人情等。第二个过程是译者用另外一种语言再现文学原作。在这个阶段译者要根据自己的社

---

① 郭沫若：《论文学翻译工作》，《翻译通讯》编辑部编：《翻译研究论文集(1949~1983)》，第22页。

② 谢天振：《翻译研究新视野》，青岛出版社2002年版，第59页。

③ 参见格雷戈里·拉巴萨、仇新年：《译者犹如演奏家》，《中国翻译》1985年第4期。

会背景、文化背景来塑造原作的文学形象，使原作的思想和精神在另一个语言系统中被读者理解和接受。正如冯明惠所说："一个好的翻译是一个文学作品的转生。并非所有的人都了解所有的文学作品，并非所有的人都能从事翻译，一位适宜的译者，便是弥补文学作品在这种情况下的有限性，而赋予文学作品原作者新的生命，使原作者能以新的姿态，新的语言，面对新的读者，说出他要表达的思想与感情。……译者必须籍原作品进入原作者所处的时空中，经历当时的文化背景，而后以自己的才质、感受力去重复作者初始的创作行为，去再经验原作品所经验的并试图感受原作者在创作过程中整个的心路历程，然后在译者自身的文化系统中找寻与原作最类同的元素，将作品表达出来。"①

社会叙述理论认为叙述是引发、维持、协调以及呈现社会不同阶层、不同团体之间冲突的重要手段。凡是生活中遇到的故事都是动态的存在，因为最终操控和影响人们行为的是发生在他们周围并使他们相信的故事。社会叙述理论还认为人们随时都可能置身于存在分歧交错而使人犹豫不定的叙述之中，人们承认在互动中其他参与者的定位有其复杂性和不确定性。叙述就是我们赞同并指导我们行为的故事，是关于我们所生活的这

① 冯明惠：《翻译与文学的关系及其在比较文学中的地位》，《中外文学》1978年第12期。

个世界的故事。[①]译者既是社会的个体,又是翻译的核心人物,在叙述中与他人构成了一定的社会关系,在社会内部传播公共叙述故事过程中扮演着关键的角色。同时译者又是源语与译入语之间的纽带,是原作与译作之间的纽带。所以说译者处于源语社会、原作、译入语社会和译作交织在一起的网络中,与这些因素存在共生的关系。如图3-1所示:

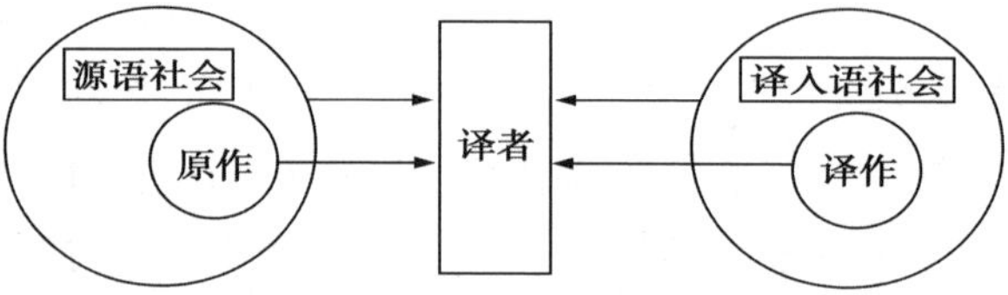

图3-1　译者在叙述中的关系网络

译者处于整个翻译行为的中心位置,是整个翻译活动开始和操作环节的中心,在传播所在国家界限之内和之外的公共叙述的过程中扮演着重要的角色。译者不仅决定翻译的内容和如何翻译,译者的惯习(habitus)也会对翻译过程中采取何种翻译策略产生影响。因为译者决定了他对外来语言社会与文化场域中的规范是接受还是排斥。如果接受译者就会采取异化的翻译策略,也就是说译者会带领译入语的读者去接近原作语言和文化规范。如果译者的惯习使译者排斥外来语言和社

① M. Baker, *Translation and Conflict: A Narrative Account*, London and New York: Routledge, 2006, p. 19.

会环境，译者就会采取归化的翻译策略，也就是说源语的规范尽量接近译入语的语言和文化。以李白的《送友人》为例：

青山横北郭，白水绕东城。
此地一为别，孤蓬万里征。
浮云游子意，落日故人情。
挥手自兹去，萧萧班马鸣。
Green mountains bar the northern sky;
White water girds the eastern town.
Here is the place to say goodbye;
You'll drift like lonely thistledown.
With floating cloud you'll float away;
Like parting day I'll part from you.
You wave your hand and go your way;
Your steed still neighs, "Adieu, adieu!"

（许渊冲　译）

在这篇译文里，译者用green mountain对应"青山"；用bar动词表示"横"，意为像横木一样横在天边，形象生动，比较合乎李白的诗风。在原作里面有两句对称，"青山"对"白水"，"北郭"对"东城"。译文里面用了girds，让人感觉更有诗情画意。原诗的第4句，借景抒情把友人比作要"万里征"的"孤蓬"，惜别之心形象化。原诗的第5句和第6句是描写离情别恨的好句，李白善于借景抒情，把离别之心比喻为"浮云"和"落日"，更显得依依不

舍。译作重复用了float和part两个词,道出了诗人的离情别意。译者将原作和语境建立了连接,形成了共生的关系。再如:

孔乙己喝过半碗酒,涨红的脸色渐渐复了原,旁人便又问道,“孔乙己,你当真认识字么?”孔乙己看着问他的人,显出不屑置辩的神气。他们便接着说道,“你怎的连半个秀才也捞不到呢?”孔乙己立刻显出颓唐不安模样……在这时候,众人也都哄笑起来……

After drinking half a bowl of wine, Kung would regain his composure. But then someone would ask:“Kung I-chi, do you really know how to read?”

When Kung looked as if such a question were beneath contempt, they would continue: “How is it you never passed even the lowest official examination?”

At that time Kung would look disconsolate and ill at ease...

Then everybody would laugh heartily again...

(杨宪益、戴乃迭　译)

... Having sippd half a bowl of wine, his face gradually returned to its normal pallor, and someone asked him, "Do you really know the characters?" He looked indifferently at the inquirer, who continued, "If you do, how is it that you would not even get half-way toward a hsitu-tsai degree?"

Instantly Kung I-chi was dismayed, Again, the crowd became hilarious...

(John Day 译)

小说《孔子己》充满了讽刺意味，讽刺了孔乙己穷酸迂腐却又自负的性格。因此，译文需要能忠实体现原文的讽刺意味。译文二只用了hsitu-tsai这一个词来音译秀才，没有用注释来解释它的含义，因而使译文读者不知所云。而译文一用"最低等级的学位"来重新加以叙述，这样的翻译读起来更加流畅，可以补充英语读者的文化空白，由此英文读者就能从原文中看出说话人的真实意图。

如果译者不能与原作者产生共鸣，不能让自己的思想感情同原作者和人物的思想感情打成一片，而总是以自己的思想去代替作者的思路，以自己的想象去代替作者的想象，译者就很难与原作者存在一种共生关系。因此，译者一定要加强美学方面的修养，只有充分理解了原文作者的美学体验和人物刻画，译者才有可能做好文学翻译，才能在译作中充分表达作者的思想情感。译者要通过原作的文字、句子、段落等语言形式来赏析文学作品所反映的基调和精神，从文学的角度来决定原作所反映的风格。译者还应该力求运用想象力和逻辑思维能力构建原文作者的主观世界，保持作家和译者的双重身份，按照作者和人物的思路来思考，按照作者和人物的感情来感受，最终回到译者自己的高度上来表现作者和作品所表达的人物角色。

翻译活动可以被看作一个完整的系统，这系统中所有的要素互相联系，互相影响。在翻译过程中，与翻译行为相关的各个要素都有着自己的任务。美国传播学者拉斯韦尔(Harold Lasswell)在《传播在社会中的结构与功能》中提出，任何传播行为都包括五大要素(5W模式)，即传播者、内容、方式、受众和效用。传播者负责信息的加工、收集和传递。内容是指传播的内容。方式是信息传递的媒介手段和途径，如报纸、广播、电视、书信等。受众是指传播行为的接受者和目的地。而传播的效用是指传播受众对传播内容的接收情况，是检验传播活动是否成功的重要的标尺。这五个要素可以合并归纳为三个重要的因素，即译介主题、译介途径、译介效果。译介主题就是翻译者和传播者。社会叙述理论认为社会行动者都有自己的惯习，也就是说有一套能够持续的且可以转换的体系。[1]译者的惯习不可避免，它受到译者本身的成长环境和教育背景的影响，外化生成其翻译行为，包括其翻译的动机和翻译的具体实施。也就是

① P. Bourdieu, *The Logic of Practice*, Cambridge: Polity Press, 1990, p. 36.

说，译者总有自己的一些心理动机，影响其对翻译活动作出自己的选择。屠国元曾经指出："译者在宏大的社会背景中面对一系列的诸如该译什么不该译什么以及该如何翻译等诸多的翻译选择时，会表现出一定的主体性。除却外部力量的掣肘，从译者自身的角度看，总有一种内在的力量会雄踞在他的心中，驱动着他以一种自以为是最具合理性的行为方式处置着种种翻译选择，发挥出他的主体性。"①由此可见，译者在传播和辩驳其所在国家界限之内和之外公共叙述的过程中扮演着重要的角色，译者在决定要不要翻译、翻译什么、如何翻译这些问题中，发挥着最为重要的作用。我国著名翻译家许渊冲先生也提出"发挥优势论"。"严复以来，如果说傅雷的'重神似不重形似'是我国传统翻译理论研究的第一次飞跃的话，许渊冲以'发挥译文语言优势'为核心的理论便是第二次飞跃。"②

在对沂蒙题材文学传播的过程中，译者首先要对沂蒙题材文学作品有较为清晰的认识和把握。这些翻译者有些是本地人，有些是外国人。例如，沂蒙经典文学作品《红日》的翻译者巴恩斯就是英国人，诸葛亮的《出师表》的译者有国内学者也有国外学者，《兰亭集序》的英文翻译也有中外合作。在沂蒙题材文学或者是沂蒙影视文化的对外翻译上，应该注重沂蒙的本土视角和英

① 屠国元：《布尔迪厄文化社会学视阈中的译者主体性——近代翻译家马君武个案研究》，《中国翻译》2015年第2期。

② 刘季春：《实用翻译教程》，中山大学出版社2016年版，第51页。

文视角的有机结合。要寻找翻译目标语为母语的翻译者，并且对沂蒙文化和沂蒙题材文学有一定的了解，这样才能真正助力沂蒙题材文学走出去。根据临沂市外专局的不完全统计，在沂蒙地区工作学习的外国专家约有400人，使用语种包括英语、俄语、韩语、日语、西班牙语、法语、阿拉伯语等，这些外国专家都是非常好的合作翻译者。沂蒙题材文学包括反映沂蒙文化的诗歌、小说、电影、电视等一系列的文学作品，这些都可以成为对外译介的对象。沂蒙题材文学对外译介具有多维途径，其中在电视作品、电影作品上传播，能够产生良好的效果。本土文化对外译介的效用是对外传播效果的重点，因此，使地方文化在中外文化交流中发挥实际的效果，才能真正起到以文化人、以文感人的作用。

第二节　沂蒙题材文学有效的翻译策略

译介学研究可以追溯到20世纪二三十年代。当时的比较文学家对翻译的关注不再局限于单纯的翻译文本。1931年，法国比较文学学者梵·第根(Paul van Tieghem)在其《比较文学论》里对译本的研究从两方面展开。一个方面是把译文与原文进行比较，要确定译者有没有删去几节、几页、几章，或者有没有杜撰什么东西进去，要看出译本和原文之间的思想和风格逼真到什么程度。另外一个方面是同一个作品当中的几个不同译本之间的比较。[①]1951年，法国比较文学家基亚(Marius Francois Guyard)在所著的《比较文学》中指出，长期以来我们对译者的研究范围太狭窄了，他认为在这方面有很多工作可做，包括心理历史等方面。[②]意大利比较文学家梅雷加利(Franco Meregalli)认为，翻译不仅是不同语种文学交流中头等重要的现象，并且也是一般人类生活和历史中头等重要的现象。翻译的最终结果是语言而后又属于终点文学范畴，可是翻译行为的本质是语际性的，它是自然语言所形成的各个人类岛屿之间的桥梁，是自然语言非常特殊的研究对象，还应当是比较文学的优先研究对象。[③]由此可见，翻译研究一直是比较文学研究的一个重要分支，是跨文化交际中的文学研究或文化研究。

传统意义上的翻译研究主要研究翻译技巧，例如如何理解原文、如何译成目标语、翻译的修辞艺术、翻译理论、翻译史等，更多的是语言层面上的研究。而从比较文学立场出发的译介学研究，实质上是一种文化研究，它不仅仅局限于语言现象的理解与表达，而是把翻译文本作为一个既成的历史事实进行研究，把翻译过程作为一种文学或者是文化去考察。因此，译介学研究多把研

① 参见[法]梵·第根:《比较文学论》，戴望舒译，商务印书馆1937年版，第57～59页。

② 参见[法]马·法·基亚:《比较文学》，颜保译，北京大学出版社1983年版，第20～26页。

③ 参见[意]梅雷加利:《论文学接受》，于永昌等编选:《比较文学研究译文集》，上海译文出版社1985年版，第409页。

究对象即译者、译文和翻译行为放在不同的文化或社会背景下，审视不同的民族和文化如何进行交流。例如，钟玲对寒山诗在日本、美国的流传的研究。她研究的对象不是翻译水平，而是寒山诗为何译成了日文和英文后，会在日本长期流传。[①]译介学研究的重点还有不同民族语言在转换过程中表现出来的文化和文学的交流，它们之间的相互理解和交融。译介学研究同样会涉及翻译是否忠实、表达是否确切等问题。

译介学研究把翻译行为的结果作为一个事实加以接受，在此基础上展开传播影响，使翻译研究相对来说视野更加开阔，更加富有审美的成分。谢天振指出："译介学不同于一般意义上的翻译研究，如果要对它作一个简明扼要的界定的话，那么不妨说，译介学最初是从比较文学中媒介学的角度出发、目前则越来越多是从比较文化的角度出发对翻译尤其是文学翻译和翻译文学进行的研究。严格而言，译介学的研究不是一种语言研究，而是一种文学研究或者文化研究，它关心的不是语言层面上出发语与目的语之间如何转换的问题，它关心的是原文在这种外语和本族语转换过程中信息的失落、变形、增添、扩伸等问题，它关心的是翻译（主要是文学翻译）作为人类一种跨文化交流的实践活动所具有的独特价值和意义。译介学尚没有相应的固定英语术语，曾有人建议可翻译成Medio-Translatology，这个词的前半

---

① 参见钟玲：《寒山诗的流传》，叶维廉等：《中国古典文学比较研究》，（台北）黎明文化事业股份有限公司1977年版，第34页。

部分意为‘媒介’‘中介’,英语中的‘媒介学’一词即为Mediology,后半部分意为‘翻译学’,这样勉强可以表达译介学的意思。“在西方比较文学界,在谈到译介学时,我们经常接触到的是一个意义相当宽泛的术语——翻译研究(translation studies 或 translation study),但这样一来,这个术语所指的内容其实大大超出了严格意义上的译介学研究的范畴了。”[①]任何翻译不管是日常翻译、科技翻译还是文学翻译,本质是用一种语言把信息传递到另外一种语言中去。但是文学翻译与日常翻译有一个本质的区别,文学翻译所使用的语言不是一般的语言,不是仅仅为了达到交际和沟通的目的而使用的语言,而是利用另外一种语言把原作的艺术意境传达出来,使读者在读译文的时候能够像读原作时一样获得启发、感动和美的感受。

奈达指出:“语言可能只是文化一个相对较小的部分,但又是文化功能和永久流传中不可或缺的部分。因此,优秀的译者总会意识到词汇最终只会在相应的文化中才有意义。”[②]中西文化存在着巨大的差异,而中国文学中往往掺杂许多的中国特色元素,如有中国文化特色的典故、文化意象等。如果译者对其处理不当,那么译文就很可能影响读者对整部作品的理解和接受,从而影响传播效果。这就要求译者对文学作品的源语文化和

---

① 谢天振:《译介学》,上海外语教育出版社1999年版,第1～2页。

② E. A. Nida, *Language and Culture: Contexts in Translating*, Shanghai: Shanghai Foreign Language Education Press, 2001, p. 139.

译入语文化都有深入的了解,在传达原文意思的同时,更好地让译文为受众所接受。

中国文学翻译旨在让译入语读者了解中国文化,理解中国文字传达的内涵,但又不能生搬硬套,因此文学翻译目标为翻译文学,在文学翻译中译者应遵循力求使翻译作品本身成为文学作品的原则。译者应该以文学形象的方式再现源语的文化氛围,关注源语材料中的文化价值,把这种价值充分移到译作中去,使翻译作品呈现某种异域文化色彩。因此,在翻译过程中,应该注意文化意象的传递。文化意象渗透在一些形象词语里面,有着更为深层的民族文化内涵。文化意象的传递,实际上反映的是不同民族文化在翻译中如何碰撞、转换、交流、接受的问题。也就是说要再现原作家所创造出来的艺术世界。例如:韦应物的诗句"春潮带雨晚来急,野渡无人舟自横"。英译家宾纳(Witter Bynner)将其翻译成:

On the spring flood of last night's rain,

The ferry-boat moves as though someone were poling.

有人认为把"无人"译成"似有人",两者反映的画面是一静一动。

同样这句,王守义和约翰·诺弗尔(John Knoepfle)合译为:

Spring sends rain to the river

It rushes in the flood in the evening
The little boat tugs at its line
By the ferry landing
Here in the wilderness
It responds to the current
There is no one on board

王译比较忠实地传达出了原诗那种静态的画面，而且没有了宾译中的那个多余的人。但是王译也同样没有了宾译本中的那种与原诗相应的韵味。

又如，李白著名诗句“烟花三月下扬州”被英译者 John Turner 翻译成“Mid April mists and blossoms go”。在翻译中，他把原诗中的“扬州”一词省略，英语读者可能认为词句中的扬州只不过是一个普通的地名，略去也许对诗意没有损害，同时又能达到押韵的效果。但是，有的研究者指出，烟花三月正是春光最美的时候，前往扬州这一繁华之地，时与地缺一不可。还有研究者进一步指出，如果译者了解唐代扬州的盛况，听过“腰缠十万贯，骑鹤下扬州”的故事，大概就不会这样处理。扬州在中国古代文人墨客的笔下，不只是一个简单的地名，而是代表一个风光旖旎的风景地。在古代中国文化的意境中，它更代表了一个古代中国文人所向往的去处，一个令他们销魂的去处。[①]这些文化意象的翻译问题会影

① 参见翁显良:《译诗管见》，中国对外翻译出版公司选编:《翻译理论与翻译技巧论文集》，中国对外翻译出版公司1983年版，第186页。

响对原作意境和人物形象的把握。

社会叙述理论认为翻译可以视为一种建构(framing),因此译者必须考虑源语社会和译入语社会,对原文作出适当的调整,这是一种解释性建构行为。沂蒙题材文学与世界性的文化观念有机融合的过程中,针对沂蒙文化的传播现状,有必要探索切实可行的海外传播路径,需要进一步创新交流合作的原则、内容和途径,提升传播效果,吸引中国学者和喜爱沂蒙文学的外国友人共同参与,形成合力,不断增进文明交流互鉴和国际认同,在文化的多样性交互中实现对话与合作。一般来说,凡是要对外介绍的素材,理所当然要遵循中国发展的实际和贴近国外受众对中国信息的需求的原则,要遵循能够传播优秀价值观、引领全球价值观和助推共建命运共同体的原则。

在翻译沂蒙题材文学时,首先要做好解释性的时空建构(temporal and spatial framing)工作。时空建构是指选择某一文本并将其置于一个特定的时空语境下,以突出此文本的叙述,并引导读者将此文本与他们所接触的叙述相联系。[①]贝克认为在翻译某种体裁时,如果译入语不存在这种体裁,译者就应该对译文进行干涉修改,以便译文更加容易理解。比如,沂蒙题材的歌舞剧在国外演出的时候,应该认真选择译者,综合考察译者的双语水平和双语转化能力,以及对沂蒙传播的责任感。

① M. Baker, *Translation and Conflict:A Narrative Account*, London and New York: Routledge, 2006, p. 98.

在对沂蒙题材文学作品的翻译中，译者应该从原作的艺术动机和创作意图出发，在译文中找到完美的语言形式，力图再现原作者的艺术意境。现以沂蒙题材文学作品《红日》为例。《红日》取材于1946年到1947年华东战场的解放战争史实，描写了可歌可泣的英雄事迹。这部文学作品入选"新中国70年70部长篇小说典藏"，从1957年到1965年先后被译成英、法、俄、日、德等10多种文字在国外出版发行。书中部分原文与译文如下：

涟水战役是两个战斗组成的。沈振新和他所统率的一个军的部队，是两次战斗的主角和主力。第一次，他的队伍担负阵地的正面作战，没有费上多大气力，把敌人打了回去，他和他的部队胜利了。第二次，也还是这个敌人——蒋介石的警卫军整编第七十四师。他的队伍的两翼增强了友邻部队，正面也加上了新生力量的配合，战斗却失败了，涟水城陷落到敌人手里。他自己的部队、友邻部队，都在仓猝的情况下从火线上撤退下来。由于仓猝，情形就显得有些混乱。像杨军的一个班吧，十二个战斗兵，只剩下四个人，走了一百来里，还没有回到自己的连队里。

他的心被尖细而锐利的鼠牙咬啮着，撤退以后的三天以来，他没有安眠，像患病似的，他的饭量大为减少，香烟点着吸了三两口就摔掉，或者让它自己烧完、熄灭。战斗的失利,他是经历过的,他深知没有不打败仗的将军,但是,这一次,他特别感到心痛和不安。部队受了损伤,主力团的团长兼政治委员苏国英牺牲了,这是一个方面;另一个方面,张灵甫的七十四师这个敌人,竟是这样的逞威称霸,他不大理解,也不甘服。

The Lianshui campaign had comprised two battles. The army commanded by Shen Zhenxin had been the protagonist and the main force in the two battles. In the first battle his troops had had the task of holding their positions against a frontal assault and had repulsed the enemy without much effort, so he and his troops had won. The second battle had been with the same enemy—the reorganized 74th Division of Chiang Kai-shek's Guards. Both flanks of his army had been strengthened by the presence of neighbouring units and his front by new reinforcements, yet he had lost the battle and the city of Lianshui had fallen to the enemy. Both his own troops and those of neighbouring units had withdrawn from the firing-line helter-skelter. This precipitate withdrawal had caused a certain amount of confusion. Yang Jun's section, for example: only four men were left out of twelve and these had traveled more than a hundred miles without finding their way back to their unit.

His mind was being gnawed by rat's teeth, sharp and fine as needles, and in the three days since the withdrawal he had been unable to sleep properly; he looked ill, he had lost his appetite and after lightning a cigarette he would take a couple of draws on it and then throw it away, or else let it burn itself out. He had experienced the varying fortunes of war and he knew full well that there was no such thing as a general who never lost a battle, yet this time, he felt particularly distressed and uneasy, the unit had suffered a severe blow and Su Guoying, commander and commissar of his strongest regiment, had given his life: that was one side of the picture, the other side was that he neither understood very clearly how it was that the enemy Zhang Lingfu's 74th Division—had been able to lord it over him nor was he prepared to take it lying down.

(巴恩斯 译)

该例子中,作者的艺术动机和创作意图是要塑造军长沈振新高尚的行为和品德,同时塑造了匪徒张灵甫娇纵、冷酷、奸诈的敌人形象。作者着重写了敌人的凶狠和强大,凸显了我们的英雄军长本领。所以只要抓住作者的艺术动机和创作意图,就能把原作的人物形象再现出来。

译者必须善于体会作者的艺术动机和思想感情,抓住作品的韵味,只有这样才能体会作品的中心思想、艺术意境和人物形象,并根据这些体会去处理文学翻译的各个细节。此外,译者还需深入研究作品的社会和文化背景,根据这些背景来处理细节。现举例说明:

> 天空像一片茫茫大海,碧澄澄的,繁星像银珠一般,在海水里荡漾着闪灼的亮光,仿佛是无数只的眼睛,向躺卧在山道上的战士们传送深情厚意似的,和战士们眼光亲切地对望着。战士们睡不着,它们也就有心地陪伴着,共同地度着这个初夏的深夜。一些不知名的虫子,唧唧地细声叫着,像是帮同田原在哼着还没有想定的歌曲似的。
>
> "这样好不好?"田原坐起身来精神奋发地说。
>
> "念给我听听!"罗光轻声地说。
>
> 田原轻轻地亮亮嗓子,低声地念诵道:
>
> 同志们! 勇敢前进!
>
> 同志们! 顽强作战!
>
> ……
>
> (吴强《红日》)

The sky was like a vast ocean, blue and limpid, and the crowding stars were like silver Jewels dancing and glittering in the sea, like innumerable eyes conveying feelings of profound friendship to the fighters lying along the mountain road below. Warmly and frankly meeting the fighters' gaze. Unable to sleep, the fighters consciously returned their gaze, sharing with them the darkness of this early summer night. Some unknown insects were chirping with thin voices as if accompanying Tian Yuan as he hummed the tune that he not quite worked out yet.

"What about this?" said Tian Yuan, sitting up with a sudden burst of energy.

"Let's hear it," said Luo Guang softly.

In a soft clear voice Tian Yuan quietly recited the song.

Onwards comrades bravely!

……

(巴恩斯　译)

在本例中,原文作者的创作意图是要展示出战士们对敌人的憎恨和打完胜仗的激动之情。而这个译文的细节和原作不照应。在文学作品中,语言形式不只是内容的修饰物,语言的艺术价值和内容的艺术价值是密切相关的。就艺术而言,无论是战争主题还是日常主题,都得通过一定的形式表现出来。文学艺术所用的介质是语言,研究语言的方法主要是语言学。而文学之所以具有艺术的特质,是因为文学性是通过一定的排列组合和排列组合形式上的变异而形成的反常化的形式特征。

另外,在翻译中,要坚持文学语言的规范性和革新性。语言规范性是指译文应该遵守译文语言的规范,而革新性是指文学翻译应该在必要时适当地输入新的表现手法。现举例说明:

> 静静的春夜里,从窗口吹进来的带着香气的风,微微地摇荡着晰白的烛光。烛焰的尖端上冒着灰白色的轻烟,好像一壶热茶在晃了一下以后,从壶嘴子吐出来的丝丝热气似的。月光从窗口和门缝探进来,在墙壁上映出一个比沈振新的身材肥大得多的影像,仿佛是为了不使深夜作书的人感到孤单冷寂,来做个陪伴似的。
>
> (吴强《红日》)
>
> In the quiet of the spring night the scented breeze blowing in through the window made the clear pale light of the candle flicker slightly. A faint greyish-white smoke rose from the tip of the candle flame like the thread of steam that

rises from the spout after a pot of hot tea has been given a shake. Moonlight probed in through the window and the crack of the door and threw on to the wall a shallow of Shen Zhenxin much larger than life-size, as if creating a companion for the late-night letter so that he should not feel lonely.

（巴恩斯　译）

文学翻译已经不是简单的语言文字的转换，而是一种创造性的工作。在翻译的过程中，译者要和原作者合二为一，就像原作者用另外一国文字写自己的作品一般。这样的翻译既能发挥工作上的创造性，又能忠于原作。正如加拿大翻译研究家芭芭拉·戈达尔德(Babara Godard)所说："面对新的读者群，译者不仅要把一种语言用另外一种语言表达出来，而且要对一个完全崭新的文化及美学体系进行诠释。因此翻译绝不是一维性的创造，而是两种体系的相互渗透。译者是传情达意的积极参与者，是作者的合作者。"①

① Babara Godard, "Language and Sexual Difference: The Case of Translation", *Atkinson Review of Canadian Studies*, vol. 2, no. 1 (Fall-winter 1984), p. 13.

第四章　社会叙述理论视角下的沂蒙传统文学的英译原则与建构策略

沂蒙大地人才辈出，是孔子七十二贤中的曾子、仲由的故里，著名儒学家荀子在这里做官，算圣刘洪、智圣诸葛亮、书圣王羲之在这里出生并在历史大潮中建功立业。以沂蒙深厚的文化内涵为基础，后人也写了大量的诗文，这些诗文具有鲜明的人文色彩，记录了沂蒙历史的沧桑，既是对沂蒙过去的诠释，也是对沂蒙未来的写照。这些作品的传播在当代具有十分重要的意义，而翻译在对外传播中具有重要的地位。有观点认为，译者的地位低于原文作者，也有观点认为译者的地位高于原文作者。英国的翻译理论家苏珊·巴斯奈特(Susan Bassnett)认为译者和作者具有同等地位，她把译者和作者之间的关系描述为一种共生关系，译者和作者在一个神秘的有机关系中融合为一体，他们不再是两个分离的实体，而是融为一个整体。[①]没有客观、正确、深刻的理解，就不可能有正确、深刻的表达。文学翻译中的理解阶段要求译者对原作艺术意境的主观认识同原作客观存在的艺术意境一致。在理解过程中译者需要关注原文作者的意图和创作背景。然而，事实上译者未必对原作者的文化传统、风俗习惯、历史环境十分熟悉。沂蒙题材文学融合了很多具有中国特色的文化因素，这些因素应该在一定的原则指导下进行翻译。因此，有必要探讨沂蒙题材文学的翻译原则和建构策略。

第一节　沂蒙传统文学翻译原则

任何学科的发展都离不开长期的积累，翻译领域也不例外。翻译研究汇集了各领域广泛的研究成果，包括语言学、文学研究、历史学、人类学、心理学和经济学等。翻译是把一种语言的内涵转换成另一种语言的内涵。

第一，翻译的基本原则就是对原文的忠实。纵观西方翻译研究的发展史，在古希腊时期希罗多德(Herodotus)就对跨文化交际中的翻译问题提出了自己的看法。1790年，泰特勒(A. F.Tytler)出版专著《论翻译的原则》(*Essay on the Principles of Translation*)。1813年，施莱尔马赫(F. Schleiermacher)发表了论文"论

① Susan Bassnett, *Translation Studies*, London: Routledge, 1991, p. 11.

翻译的不同方法”(“On the Different Methods of Translating”)。1959年,雅可布逊(R. Jakobson)的论文“论翻译的语言学问题”(“On Linguistic Aspects of Translation”)的发表标志着西方翻译理论体系的建立。西方的翻译研究大体上分为三个视角,即语言学视角、文化视角和社会学视角。辜正坤指出,翻译研究的文学学派也有不足之处,这时语言学派的兴起,可说是恰逢其时,弥补了这一缺陷。

20世纪是西方语言学发展的重要时期,这一时期出现了很多的语言学流派。现代语言学的代表人物,瑞士语言学家索绪尔(F. de Saussure),被称为“现代语言学之父”。他区分了语言共时研究和历时研究以及语言和言语。他认为语言是一种形式(forme),而非实质,是由词汇、语法和语音中相互联系的成分组成的集合体,把语言看成由能指和所指组成的符号系统。普通语言学理论不仅为语言学的发展奠定了基础,也为翻译的语言学派注入了活力。20世纪50年代诞生了转换生成语法(Transformational-Generative Grammar)。在乔姆斯基(Avram Noam Chomsky)看来,语法包括基础和转换两部分,基础部分生成深层结构,深层结构通过转换生成表层结构。其中,语音属于表层结构,语义属于深层结构,句法领域存在语言的共通性。转换生成语法是语言学发展的转折点。20世纪四五十年代在英国诞生了以福斯(J. R. Firth)为代表人物的伦敦学派。福斯把语言看作社会过程和社会生活方式,语言就是被使用的,因此他把语言使用的意义定义为不同层次上的成分和该层次上此成分情景之间的关系。福斯的语言学理论对韩立德(M. A. K. Halliday)提出的系统功能语法产生了极重要的影响。系统功能语法把语言解释成一个进行语义选择的网络。韩立德的系统功能语法、布龙菲尔德(Leonard Bloomfield)的结构学和乔姆斯基的转换生成语法为翻译语言学派提供了理论基础。[①]整个20世纪,西方语言学的发展蔚为大观。论述翻译的学者大多是翻译实践家,他们的论述大多来自自己的翻译实践。

以文化为视角的翻译研究,注重翻译对译入语文化的影响,认为翻译并不是狭义的语言之间的转换,而是两种文化之间的对话,是一个复杂的文本操纵过程,涉及原文本的选择,译者、出版商或赞助人的作用,翻译采用的策略等。这一视角强调了翻译的文化和政治功能,对传统的翻译研究构成了巨大的挑战,尤其是美国学者韦努蒂(Lawrence Venuti)提出的"归化"和"异化"的翻译策略。他认为翻译成英文的作品基本是"归化"的翻译,而英语译成其他文字时采用了"异化"的翻译,这其实体现了两种文化之间的不平等性。在国内,以文化为视角的翻译研究也十分繁荣。比较系统地将翻译与文化相结合的论著有刘宓庆的《文化翻译论纲》和王克非的《翻译文化史论》。在《文化翻译论纲》里,作者探讨了

---

① 参见李文革:《西方翻译理论流派研究》,中国社会科学出版社2004年版,第68页。

语言的文化阐释、文本的文化解读等一些问题。[①]王克非研究了翻译对文化的意义和影响、翻译在文化史上的作用、文化对翻译的制约等问题。

从社会学的视角研究翻译其实是翻译学文化视角的延伸。1972年,霍姆斯(J. S. Holmes)第一次提出了翻译社会学,这一概念的提出对翻译研究产生了重要的影响。1999年,海伯伦(J. Heilbron)在《翻译的社会学:文本翻译作为文化的世界系统》(*Towards a Sociology of Translation: Book Translation as a Cultural World-system*)中第一次系统地将翻译纳入了社会学研究的领域。他认为翻译是一个交织着经济、政治、文化等错综复杂关系的动态场域,并在此基础上构建了翻译实践的社会认知模型。自此以后的20多年间,翻译社会学取得了长足的发展。2005年,奥地利学者沃夫(M. Wolf)发表了翻译社会学的系列论文。他认为翻译社会学研究的是翻译与社会之间的关系,尤其是翻译与社会的互动作用和互相影响。郝曼斯(T. Hermans)利用社会学理论进行翻译研究,他认为翻译是一种沟通活动,属于社会范畴,在人与人沟通的过程中会对翻译形成认同、共识和期待,这样就构成了翻译的社会系统。

沂蒙题材文学翻译应遵循艺术创造性原则。文学翻译是用一种具有美学功能的艺术语言让读者得到启发、感动和美的感受。要想通过另外一种语言来创造与原作相同的艺术效果,译者就必须在艺术环境中找到能

① 参见刘宓庆:《文化翻译论纲》,中译出版社2016年版,第45页。

激发接受者产生相同或相似联想的语言手段。这实际上是要求译作成为与原作相同的艺术品。

文学作品是用艺术形象反映生活的艺术，木身就蕴含着多方面的含义。不同的译者会对同一艺术形象(特别是诗歌)形成不一样的理解。一首好的诗歌在翻译中的语感节奏会流失很多。但有时也会很好地被移植到另外一种语言中，比如说节奏感会在另外一种语言中得到弥补。一首完成度很高的诗歌是经得起各种语言翻译的考验的，诗歌中的哲学思想也不会因为翻译而流失。一部好的诗歌及其译文在形式和内容上的契合度或统一度是非常高的。一首被翻译成外语的诗歌能不能被接纳，一般基于以下原因：文本的封闭性、普遍性、与外部广阔世界和宇宙的关联性、抽象性等。例如，李白的《哭宣城善酿纪叟》“纪叟黄泉里，还应酿老春。夜台无李白，沽酒与何人？”译文：

Vintner below Fountains Yellow,
“Spring In Old Age”, still do that vintage?
Without Li Po there on Night’s Plateau,
Which people stop now at your wineshop?

(库珀　译)

在这个译作中，库珀对原诗的意思不太了解。这首诗歌是李白凭吊友人的绝句，酿酒老人离开人世，引起诗人深深的怀念，表达诗人平时与纪叟感情深厚，所以现在生死分离，诗人感到十分悲痛。因此，最后两句被改译为："Where in the realm of eternal night could you find such a connoisseur?"求得正确、深刻的理解是非常不容易的，因此，译者需要深入研究原文，并对原作的时代背景和文化传统进行全面的了解，只有这样才能对原作产生共鸣。

第二，在对原作正确理解的基础上，译者需要用目标语灵活自如地表达。这就意味着译文可以不用保留原作的形式，体现了翻译是一个再创造的过程。茅盾曾经说过，好的译者一方面要阅读外国文字，一方面要以本国语言进行思索和想象，只有这样才能使自己的译文摆脱原文的语法和词汇的拘束，使译文既是纯粹的祖国语言，又忠实地传达了原作的内容和风格。例如：" She is just as rich as most of the girls who come out of the India. I might go farther, and fare worse, egad!"这句被译为"跟那些出国到印度去的女孩子们比一比，她不见得穷到哪儿去。说不定我左等右等，反而挑个不如她的"。这个译文摆脱了原作的表达方式，挥洒自如地表达了原作的意思。再如华兹华斯(William Wordswarth)的名诗《孤独的割麦女》(*The Solitary Reaper*)，节选如下：

Behold her, single in the field,
Yon solitary Highland lass!
Reaping and singing by herself;
Stop here, or gently pass!

Alone she cuts and binds the grain,
And sings a melancholy strain;
O listen! For the vale profound
Is overflowing with the song.

译文1:

看!那边的田野里,
苏格兰姑娘她独自一人,
一面收割挥镰,
一面尽情歌唱。
这边停停,
又飘然远去。
她一边独自割谷捆扎,
一边唱着一支忧伤的歌,
哦,听!歌声洋溢回荡在深谷。

(梁守涛 译)

译文2:

你看!那高原上年轻的姑娘,
独自一人正在田野上;
她时而停下,又轻轻走过,
一边收割一边在歌唱。
她独自在那里又割又捆,
她唱的音调好不凄凉;
你听!你听她的歌声
在深邃的峡谷久久回荡。

(顾子欣 译)

这两篇译文没有注意到原诗第4句是祈使句，没有注意语言分析，因此郑诗鼎将译文改为如下：

你看！高原上那年轻的姑娘，
独自一人在田野上，
一边收割，一边歌唱。
你停停步！要不就悄悄走过！
她独自割来独自捆。
她唱的音调好不凄凉。
你听！你听她的歌声
在深谷里悠悠回荡。

从美学的角度来看，文学翻译者的审美体验和原作者的审美体验是能够完全统一起来的，译者和原作者能够形成一种共生的融合关系。因此，翻译的创造性是显而易见的，它使一件作品在新的语言、民族、社会、历史环境中获得了新的生命。许渊冲先生对杜牧的《清明》的翻译，传达了原文所含有的东西，引起了英美读者的共鸣。

清明时节雨纷纷，
路上行人欲断魂。
借问酒家何处有，
牧童遥指杏花村。

译文：

On the day of mourning for the dead it's raining hard,

My heart is broken on my way to the graveyard.
Where can I find a wine-shop to drown my sad hours?
A cowherd points to a cot amid apricot flowers.

（许渊冲　译）

第三，文学翻译要采用灵活的建构策略。文学翻译的理论来自实践又反过来指导翻译实践，同时又受到翻译实践的检验。研究翻译的目的是提高翻译实践的能力。能够提高翻译能力的理论才是正确的理论，翻译能力提得越高说明理论越有效。文学翻译的灵活建构策略在诗歌翻译中表现得非常突出，因为在诗歌这种独特的体裁中，高度精练的文学形式与无限丰富的内容紧密结合在了一起，使得译者几乎无所适从。下面以拜伦(G. G. Byron)的《哀希腊》(*The Isles of Greece*)为例，拜伦的原诗节选如下：

The isles of Greece, the isles of Greece!
Where burning Sappho loved and sung,
Where Delos rose, and Phoebus sprung!
Eternal summer gilds them yet,
But all ,except their sun, is set.

同样是译这首诗，苏曼殊用的是五言古体诗，译文如下：

巍巍希腊都，生长奢浮好。

情文何斐斐，茶辐思灵保。
征伐和亲策，陵夷不自葆。
长夏尚滔滔，颓阳照空岛。

而胡适则用的是离骚体，译文如下：

嗟汝希腊之群岛兮，
实文教武术之所肇始。
诗媛沙浮尝咏歌于斯兮，
亦羲和素娥之故里。
今惟长夏之骄阳兮，
纷灿烂其如初。
我徘徊以忧伤兮，
哀旧烈之无余！

不同的诗体赋予了拜伦的诗以不同的风格面貌，更重要的是它们塑造了不同的诗人拜伦的形象。这两种翻译属于比较个性化的翻译，用极其自然流畅的译入语去表达原著的内容。但在深处，却程度不等地存在用译入语文化吞并原作文化的问题。

综上所述，沂蒙题材文学根植于中国传统文化，其中有些文化因素与外国观众之间难免有一些距离，这就要求译者对原文有深厚的理解。也就是说译者首先要对原作和原作者有同理之心，就像郭沫若在翻译雪莱的诗时说："我译他的诗，便如像我自己在创作的一样。"[①]

① 郭沫若：《〈雪莱诗选〉小序》，罗新璋、陈应年编：《翻译论集》（修订本），商务印书馆2009年版，第405页。

译者还应该充分了解英语社会与文化，将英语社会和文化变成自己思维与表述的自然组成部分，采取灵活的翻译策略。就文化而言，如果英语文化中存在完全相同的表达法和意象，则选择直译；如果英语文化中存在其他可表达类似文化意义的语言符号，则选择归化翻译。如果都不符合这两种情况就采取添加注释法，即用普通的单词或者短语解释言语的文化意义。如果汉语的文化含义太浓，解释不出来，也不见得为英语观众所接受，就可以选择省译。这些策略也就是说贝克所说的建构。社会叙述理论认为，翻译作为一种叙述，特别是参与政治话语构建和国际传播时，应该将其合法化，使读者更容易接受。

第二节　《兰亭集序》的英译与翻译规范

随着我国国力的逐渐增强和对外交流的日益增多，中华文化典籍的翻译成为帮助和促进西方社会认识中华文化的手段。人们总希望文化的交流与传播能够实现平等互利或者双赢，但古今中外的文化交流，都有自身的趋势和规律。交流的总趋势通常是从强势文化向弱势文化流动，相对弱势文化的国家，翻译输入的比例比较高。2007年3月，在北京语言大学举办的“世界母语日”研讨会上，联合国官员指出，全世界被翻译得最多的语言是英语、德语、俄语、意大利语、西班牙语、瑞典语。因此，当下中国学者推动的中国典籍外译带有明显的逆向交流的性质，也就是说把相对弱势的文化向强势文化输出。这种译介活动具有数量相对较少、内容通常以历史经典为主、所译的经典必须经过现代诠释等特点，为了合乎目的语受众的期待，翻译作品在接受中不可避免存在误读和变形。

沂蒙文学的文体种类齐全，有诗歌、散文和文学理论等。在这些文学种类中，散文是最复杂的一种。最初的散文，无论在中国还是在西方，都只是与韵文相对的文体。散文最初泛指所有无韵的文章，实际上也包括了很多边缘性文体和较为纯粹的文体。散文的形式灵活，意象丰富，情景交融，能够带给读者唯美的享受。古代沂蒙题材散文代表作有《出师表》和《兰亭集序》，二者都具有强烈的文学性。

《兰亭集序》是书圣王羲之的代表作，王羲之是南渡沂蒙文人，他的诗作理当属于沂蒙题材文学。史载，东晋永和九年，王羲之任右军将军、会稽内史时，于暮春三月，曾与司徒谢安、司徒左西属谢万、右司马孙绰等人会于绍兴西南的兰亭，临水洗濯，行修契之礼，按当时风俗以此消除不祥。而流殇曲水，人各赋诗，王羲之受众之托，乘兴即席，为这次集会的诗集写下了《兰亭集序》，后又挥毫写成书法。[1]兰亭集序全文共四段，前两段主要描绘景色，叙述事实背景；后两段转为说理抒情，表达了对

① 参见陆家桂：《略谈〈兰亭集序〉的思想与文风》，《齐鲁学刊》1984年第6期。

当时盛行的消极处事态度的不赞同。整体文风潇洒，又不失对世事的通透豁达，实为佳作。《兰亭集序》的译文版本较多，译者主要有林语堂、罗经国、孙大雨、谢百魁这四位翻译大家。本节就林语堂先生的第二个译本进行分析，从翻译美学的视角讨论林语堂先生的英译本《兰亭集序》的艺术成就。

林语堂认为翻译不是简单地把一种语言转换成另外一种语言，而是一种创作，翻译应该对作者高度负责，译者要选择与自己共情的、与自己审美高度契合的作品，唯有如此才能深入作者思想和情感的内核，全面了解和准确理解作者，打破写作与翻译之间的藩篱。这种翻译形式有悖于传统意义上的翻译概念，但是在某种程度上影响了学界对他的定位和接受。林语堂历来主张“信顺美”的翻译标准，在翻译中独具匠心，充分发挥主体性来传播中国文化。他选择符合自己文学主张与翻译思想的散文《兰亭集序》，充分吸收文人的智慧，而后尝试在译入语中较好地化解了文化差异所带来的可读性障碍。刘宓庆认为，风格不是虚无缥缈的东西，而是可以见之于“形”，表现为风格的符号体系，承载着重要的风格意义，这在翻译美学上称之为“非定量模糊集合”(Non-Quantitative Fuzziness)。[①]译者应该忠实地再现原文的审美要素，从而传递原文所承载的风格意义。林语堂先生有丰富的翻译经验和对英汉双语娴熟的驾驭能

① 参见刘宓庆：《新编当代翻译理论》，中国对外翻译出版公司2005年版，第241页。

力，在《兰亭集序》的译文中，通过增加语句阐释和语气重构，弥补了英文中的文化内涵及语气的缺失，并通过调整译文结构、增加小标题和潜入式译者评论，构建译文的逻辑结构，基本符合译入语读者的阅读习惯，帮助读者更好地理解译文，促进译文在海外的传播和接受。译者合理地保留了原文中的文化特色，坚持了文化立场，特别是结合了原文特点，进行创新性补充，对当前我国典籍外译具有借鉴意义。

现摘录《兰亭集序》林语堂第二版英译文前两段如下：

It is the ninth year of Yonghe (A.D. 353), also known as the year of Guichou in terms of the Chinese lunar calendar. On one of those late spring days, we gather at the Orchid Pavilion, which is located in Shanyin County, Kuaiji Prefecture, for dispelling bad luck and praying for good fortune. The attendees of the gathering are all virtuous intellectuals, varying from young to old. Endowed with great mountains and lofty peaks, Orchid Pavilion has flourishing branches and high bamboo bushes all around, together with a clear winding brook engirdled, which can thereby serve the guests by floating the wine glasses on top for their drinking. Seated by the bank of brook, people will still regale themselves right by poetizing their mixed feelings and emotions with wine and songs, never mind the absence of melody from string and wind instruments.

It is such a wonderful day, with fresh air and mild breeze. Facing upwards to the blue sky, we behold the vast immensity of the universe; when bowing our heads towards the ground, we again satisfy ourselves with the diversity of species. Thereby we can refresh our views and let free our souls, with luxuriant satisfaction done to both ears and eyes. How infinite the cheer is!

《兰亭集序》原文前两段如下：

永和九年，岁在癸丑。暮春之初，会于会稽山阴之兰亭，修禊事也。群贤毕至，少长咸集。此地有崇山峻岭，茂林修竹，又有清流激湍，映带左右，引以为流觞曲水，列坐其次。虽无丝竹管弦之盛，一觞一咏，亦足以畅叙幽情。

是日也，天朗气清，惠风和畅。仰观宇宙之大，俯察品类之盛，所以游目骋怀，足以极视听之娱，信可乐也。

对比原文和译文，我们不难发现原文字里行间表达了与志同道合的人在明媚的春光里做志趣相投的事实在是人间乐事。兰亭之乐，体现在“人闲”“事趣”“景美”等方面，“修禊事”充满了仪式感，可以看出人们对这个节日的虔诚和敬畏，体现了人们对安定祥和的生活的追求。译者用“Seated by the bank of brook, people will still regale themselves right by poetizing their mixed feelings and emotions with wine and songs, never mind the absence of melody from string and wind instruments.”成功再现了“人闲”“景美”的情景，并用“refresh our views”和“let free our souls”再现了人们的生活情趣，表达了作者对生活的热爱。暮春三月，崇山峻岭，茂林修竹，清澈激湍映带左右，天朗气清，和风温暖，人们置身于自然，享受自然赐予的温暖与美好。这篇简短的散文通过对山水风景的描述，抒发了作者对生死的看法以及自身对生命价值的认识，其背后蕴含了极其丰富的审美价值。译文用“How infinite the cheer is!”表达了人们置身于自然、尽情地享受生活的美好的愉悦之情，让人们在大自然中体验生命、陶冶情操、升华精神，从而折射出人类追求美好事物的脚步从未停息。

散文的生命在于其鲜明的风格，散文翻译的关键在于风格的再现。在散文的翻译中，译者要从宏观上准确把握原文的风格，深入理解原文的整体艺术效果和美学效果，从而在微观上剖析原作者遣词造句上的灵活安排和句法结构上的巧妙组合。林语堂先生翻译的散文《兰亭集序》，既传达了原文的意义，又再现了原作的风姿。

在译文中我们发现这样经典的例子比比皆是。再看下文的翻译,可谓是准确忠实,妙笔生辉。

People keep coming and going, and life soon rushes to its end. Some people prefer to share their proud aspiration and lofty goals with close friends indoors, while some others choose to follow their interest and free their minds wherever and whenever they like. May characters vary from person to person, or some would rather stay peaceful while others like to live restlessly, they will all become delighted and satisfied once they meet something pleasant, so cheerful that they get unaware of their imminent old age. However, when they get tired of their old fancies that they've already experienced, and sentiment correspondingly accompanies the change of situation, all sorts of complicated feelings will well up in the heart, too. Isn't it thought-provoking that the happiness we used to enjoy passes by without leaving a single trace, let alone that the length of life is subject to the fate, and death is inevitable for anybody in the end? Just as some ancient man once put it, "Death also deserves our attention, like what life does" , so how can we restrain ourselves from grieving?

夫人之相与，俯仰一世。或取诸怀抱，悟言一室之内；或因寄所托，放浪形骸之外。虽趣舍万殊，静躁不同，当其欣于所遇，暂得于己，快然自足，不知老之将至。及其所之既倦，情随事迁，感慨系之矣。向之所欣，俯仰之间，已为陈迹，犹不能不以之兴怀，况修短随化，终期于尽。古人云："死生亦大矣。"岂不痛哉！

Every time I ponder about the reasons why our predecessors would produce works with such inenarrable emotions, I find there seem some similarities between our minds. Yet I cannot help lamenting their literary masterpieces while I am struggling for the very cause in my innermost world. Now I come to realize that it has been ridiculous for me to equate death with life, long life with short life. The descendents view us just the way we look at our predecessors, and how woeful it is! Hence I write down all the names of the attendees and put their poetry into record. Conditions may go with the changes of time, but people' s emotions shall stay the same. I believe the following readers will still have much to mediate about life and death when appreciating this poetry anthology.

> 每览昔人兴感之由,若合一契,未尝不临文嗟悼,不能喻之于怀。固知一死生为虚诞,齐彭殇为妄作。后之视今,亦犹今之视昔,悲夫!故列叙时人,录其所述,虽世殊事异,所以兴怀,其致一也。后之览者,亦将有感于斯文。

译者用"life soon rushes to its end"感慨人生短暂,用"Some people prefer to share their proud aspiration and lofty goals with close friends indoors, while some others choose to follow their interest and free their minds wherever and whenever they like. May characters vary from person to person, or some would rather stay peaceful while others like to live restlessly"直接表达了虽然人们追求的生活方式不同,但都有世事无常的感怀。林译的《兰亭集序》饱含深情,用词准确传神。林语堂认为翻译的标准是忠实、通顺和美。忠实的译文,不仅要达意,而且以传神为目的。通顺的译文要求译者先将译文准确地体会出来,美的译文要求风格和内容兼重,准确把握作者的风度格调。因此,翻译应该在尽可能少失真的前提下,尽可能多保存原作的美。存真的翻译可以介绍外国的文化,存美的翻译可以使外国文化归化为本国文化,而最高级的文化应该是最美的文化。

第三节 《出师表》英译中的意义显化分析

在20世纪西学东渐的浪潮中，翻译研究大量地引进西方的翻译理论。如今也有不少学者在反思中国的传统译论，提出了中国翻译学科建设的构想。中国的翻译是和西化大潮联系在一起的，西化可以分为近西和远西。近西是指近一点的西方，比如说印度，远西指的是美国、英国和西欧国家。近西的翻译兴于汉魏，盛于唐朝，延续到宋元，这段时期的翻译代表人物有鸠摩罗什，他主要翻译了《摩诃般若波罗蜜多心经》和《妙法莲华经》；另外一个就是玄奘法师，他翻译了70多部佛经。到了唐朝，中国共翻译了3616部佛经，从汉朝到宋元共翻译了15000多卷。翻译规模之庞大，在世界上是首屈一指的。本节将对《出师表》的罗慕士(Moss Roberts)英译本中的意义显化加以分析，并基于关联理论对其动因进行解读。

《出师表》是《三国演义》中的名篇，沂蒙古代文人诸葛亮北伐中原前给后主刘禅上书表文，表达了自己要完成先帝的遗愿和收复国土的决心，具有深刻含义，是中华美德的代表，体现了坚贞不渝的信仰。《出师表》带有本土文化因素，具有明显的地域文化背景和自然特色，在中国文学史上独占一席，被刘勰誉为“表之精英”。

中国典籍翻译的传播效果必须依赖现代化的传播

媒介，现代化的传播媒介可以作为文字翻译的有效补充。王洛勇老师的英文版《出师表》在网络上走红，众多网友对此版本表示赞赏。译文节选如下：

Permit me Liang to observe: the late Emperor was taken from us before he could finish his life's work, the restoration of the Han. Today, the empire is still divided in three, and our very survival is threatened. Yet still the officials at court and the soldiers throughout the realm remain loyal to you, your majesty.

Because they remember the late emperor, all of them, and they wish to repay his kindness in service to you. This is the moment to extend your divine influence, to honor the memory of the late Emperor and strengthen the morale of your officers. It is not the time to listen to bad advice, or close your ears to the suggestions of loyal men. The emperors of the Western Han chose their courtiers wisely, and their dynasty flourished. The emperors of the Eastern Han chose poorly, and they doomed the empire to ruin. Whenever the late Emperor discussed this problem with me, he lamented the failings of Emperors Huan and Ling.

I began as a common man, farming in my fields in Nanyang, doing what I could to survive in an age of chaos. I never had any interest in making a name for myself as a noble.

The late Emperor was not ashamed to visit my cottage and seek my advice. Grateful for his regard, I responded to his appeal and threw myself into his service. The late Emperor always appreciated my caution and, in his final days, entrusted me with his cause. Since that moment, I have been tormented day and night by the fear that I might let him down. That is why I crossed the Lu river at the height of summer, and entered the wastelands beyond. Now the south has been subdued, and our forces are fully armed. I should lead our soldiers to conquer the northern heartland and attempt to remove the hateful traitors, restore the house of Han, and return it to the former capital. This is the way I mean to honor my debt to the late Emperor and fulfill my duty to you. My only desire is to be permitted to drive out the traitors and restore the Han. If I should let you down, punish my offense and report it to the spirit of the late Emperor.

Your Majesty, consider your course of action carefully. Seek out good advice, and never forget the last words of the late Emperor.

I depart now on a long expedition, and I will be forever grateful if you heed my advice.

Blinded by my own tears, I know not what I write.

在《出师表》的相关研究中,对原文本的解析比较多,但是对英文译文的研究相对较少。刘克强从专业课的课程思政的角度探讨了《出师表》英译的问题,阐明了"忠"的意义。邓忠、蒋晖以罗经国教授英译本为研究对象,关注了某些词句的概念意义和文化意义,指出了译文处理的不当之处,并提出了可能更加合理的英译文。[①]

意境是作家在创作中所追求的一种高标准的艺术境界,这种境界是由主观思想感情和客观景物环境交融而形成的意蕴或形象。诸葛亮的《出师表》凝聚着丰富的文化内涵。译者应该尽可能忠实地将原作的意象再现出来,而不应该根据个人的喜好,随意更改或删除内容。在《出师表》的多个译本中,汉学家罗慕士的译本叙事干净利落,特别擅长表达最具戏剧性的情节。在翻译上,罗慕士抓住了原文的风格,大胆用韵,再现了原文的节奏与气质。其翻译的《三国演义》全译本由美国加州

① 参见邓忠、蒋晖:《从概念意义和文化意义看〈前出师表〉英译的几个问题》,《西南民族大学学报》(人文社科版)2009年第3期。

大学出版社和中国外文出版社联合出版，成为学术界公认的《三国演义》最佳英文译本。

显化(explicitation)是指译者通过添加阐释性短语解释隐含含义或添加连词提高译文的逻辑性与可读性等方式，扩充源语文本，使译入语文本以更翔实、明晰的形式表述源语文本信息的现象。柯飞将显化分为形式显化和意义显化，认为："作为一种解释现象，显化(以及隐化)不应只是狭义地指语言衔接形式上的变化，还应包括意义上的显化转换，即在译文中增添了有助于译文读者理解的显化表达，或者说将原文隐含的信息显化于译文中，使意思更明确，逻辑更清楚。"[①]根据显化的定义，罗译本的意义显化翻译可大致分为四类：第一类是指称信息显化，即译者通过有回指作用的指称词语、添加概括性信息等手段，使指代的内容更为明确。第二类是文化元素显化，即译者针对原文中译入语读者陌生的文化元素，如典故、成语等，在译文中通过增添释义等手段加以阐释。第三类是情态含义显化，即译者在翻译过程中，通过添加情态词与介词短语等手段，显化原文中隐含的人物语气、态度、情感等。最后一类是叙事细节显化，即译者通过添加原文中没有的叙事细节，创造独特的表达效果，提升艺术感染力，使译文更符合逻辑，更为通顺连贯。

由于英语读者缺少《出师表》中的信息与认知资源，所以有时会对指称词语的具体所指对象感到迷惑，需要

---

① 柯飞：《翻译中的隐和显》，《外语教学与研究》2005年第4期。

付出较多的认知努力才能加以识别和概括。在这种情况下，罗慕士对这些指称词语添加修饰成分或加以释义，以便进一步明确所指的内容。例如：

原文：

臣亮言：先帝创业未半，而中道崩殂。今天下三分，益州疲敝，此诚危急存亡之秋也。

罗译文：

Permit your servant, Liang, to observe: the late sovereign was taken from us while his life's work, the restoration of the Han, remained unfinished. Today, in a divided empire, our third, the province of Yizhou, war-worn and under duress, faces a season of crisis that threatens our very survival.

原文中开头“臣亮言”三个字是臣子上表的规范格式，如果完整翻译成英语应该是，“Your humble servant Zhuge Liang, presents his obsevation”，但是罗慕士尽可能最大限度地与原文保持一致，将这三个字译为“Permit your servant, Liang, to observe”。中国古代帝王去世叫“崩”，诸侯去世叫“薨”，老百姓去世叫“死”，各有各的说法，这一点与英语有很大差别。所以罗慕士采用折中的办法，将“中道崩殂”翻译成了“the late sovereign was taken from us”，意思是永远离开了我们。“创业未半”一句,看似简单,翻译起来却十分不易。这里的创业可不是start a business,所以,罗慕士不得不加了一个短语来补充说明,“his life's work, the restoration of the Han, remained unfinished”,意为先帝一生的事业,即光复汉室,还没有完成。“今天下三分,益州疲敝”这句,译者添加了“in a divided empire, our third, the province of Yizhou, war-worn and under duress”,让读者明白益州的状况,使读者一开始就作出正确的语境假设,可以准确理解文章内容。“危急存亡之秋”中的“秋”,其实是指危机时期,罗慕士用“season of crises”,更好地保持了源语与译入语的生态平衡,使译者提供的信息更明确具体。

原文:

亲贤臣,远小人,此先汉所以兴隆也;亲小人,远贤臣,此后汉所以倾颓也。先帝在时,每与臣论此事,未尝不叹息痛恨于桓、灵也!

罗译文:

The Former Han thrived because its emperors stayed close to worthy vassals and far from conniving courtiers. The opposite policy led the Later Han to ruin. Whenever the late Emperor discussed this problem with me, he decried the failings of Emperors Huan and Ling.

“亲贤臣,远小人”中的“贤臣”“小人”指的是朝廷中的忠臣和奸臣。对于不了解中国文化知识的西方读者而言，英文中的一般词汇，如 mean people、mean person 只是传达了一般意义上的小人，与原文意思不符，没有正确做到语言维度的转换。罗慕士用“worthy vassals”和“far from conniving courtiers”(使用阴谋诡计的朝臣)指明了这些种人的品性，所以说这个译文更加适合。罗译文从整体上来看，在选择上面更加的地道，译本的语言更能传递中国的文化。后面的“亲小人，远贤臣”译者直接删减了表达，用“the opposite policy”来使文学风味更好地表现，保证了译文的流畅性，较好地满足了读者的期待和理解需求。

与西方文学作品不同，中国传统文学作品擅长间接心理描写，即通过描写人物的言语行为来揭示其内心活动，读者需要从人物的言语行为中推断其语气、态度和情感。为适应西方读者的阅读习惯，罗慕士根据上下文有选择地对隐含的情感加以显化。刘禅虽然继位当了皇帝，但对诸葛亮极为尊重，呼之为“相父”。诸葛亮不仅操劳国事，也担起了父亲的责任。

原文：

陛下亦宜自谋，以谘诹善道，察纳雅言，深追先帝遗诏，臣不胜受恩感激。今当远离，临表涕零，不知所云。

罗译文：

Your Majesty, take counsel with yourself

and consult widely on the right course. Examine and adopt sound opinions, and never forget the last edict of the late Emperor. Overwhelmed with gratitude for the favor I have received from you, I now depart on a distant campaign. Blinded by my tears falling on this petition, I write I know not what.

英文表示哭的词有很多,哭的方式和程度各有不同,包括cry、weep、wail、shed tears、burst into tears等等。罗慕士根据自己的理解和想象,认为诸葛亮写《出师表》的状态是心潮起伏,泪水模糊了双眼,所以,他选择了用"Blinded by my tears falling on this petition, I write I know not what"来翻译"临表涕零,不知所云"。"表"是上给皇帝的奏章,一般的译法是"memorial to an emperor",罗慕士把它翻译为"petition",意为请愿书或者正式请求。也许罗慕士认为这是诸葛亮为请求北伐中原而给刘禅上表,因此从这个角度去翻译的。诸葛亮与刘禅的"君臣如父子"的特殊关系,在《出师表》中体现得非常明显。字里行间流露的都是老臣对年轻皇帝的不放心和父亲般的牵挂。除了很少几句讲到北伐出征,大部分都是在嘱咐刘禅应该如何广开言路,如何赏罚分明,如何亲近贤臣、远离小人。文章夹叙夹议,兼有抒情,言辞恳切,感人至深。罗译文叙事更合理,创造了极佳的表达效果与艺术感染力,同时也满足了读者的审美需求。

由于中西文化、语言以及认知模式的巨大差异，理解中国古典小说对于现代西方读者来说有非常大的困难，因此需要译者的帮助。译者可以通过增添或删减内容的方式为读者提供语境信息。罗慕士在翻译过程中采用了显化的翻译手段提升了译文的可读性。作为中国古典小说的英译典范之一，罗慕士《出师表》译本的成功和他严谨的科学态度、深厚的语言文化功底是分不开的。通过对原文中的文化元素、叙事细节等加以显化，罗译本在语境效果和读者的认知负担之间达到了极佳的平衡。因此，罗慕士的译文也为中国文学外译提供了很好的借鉴。

第四节　抒情与叙事：中西文学比较视角下的《红日》翻译

对外译介就是对外的翻译和介绍。谢天振教授开创了中国的译介学研究，他认为“译介学的研究不是一种语言研究，而是一种文学研究或者文化研究，它关心的不是语言层面上出发语与目的语之间如何转换的问题，它关心的是原文在这种外语和本族语转换过程中信息的失落、变形、增添、扩伸等问题，它关心的是翻译（主要是文学翻译）作为人类一种跨文化交流的实践活动所具有的独特价值和意义”[①]。

文学翻译的最高目标是成为翻译文学。要使翻译

① 谢天振：《译介学》，上海外语教育出版社1999年版，第1页。

作品本身成为文学作品，不但要译出意思，还要译出意美。翻译是两种语言的竞赛，文学翻译更是两种文化的竞赛。如果译者能够发挥译文语言和文化的优势，那么，这就是一个好的文学翻译。中国文学往往以抒情见长，情理兼容。但是沂蒙题材小说《红日》的重点在叙事，叙事中夹有抒情。因此，在翻译《红日》时就要考虑如何处理好叙事与抒情的关系。

一、中国文学的抒情传统

在中国古代，文学是文学学术的总称，属于孔门四科之一。孔子的学生子游和子夏最擅长文学，《论语》记载："文学，子游、子夏"。到先秦时期，文学包括文章博学。文章是指独立、完整的语篇。在古代文和章是分开的，文和章合起来就是指文学作品。而文学作品指的不仅仅是诗歌和小说。章太炎在《文学总论》中说："文学者，以有文字著于竹帛，故谓之文。论其法式，谓之文学。凡文理、文字、文辞皆称文。"[①]这样看来，文学也是文化学术的总称。文学可以指学术性著作也可以指文学作品。中国的文学作品，如唐宋的诗词、武侠小说等都属于典型的审美性与娱乐性兼具的文学作品，这些文学作品的文学性和实用性都特别强。

文学作品具有五种功能。第一，文学作品具有审美功能。如果一部文学作品的审美性很弱，那么可以说它

① 章太炎：《国故论衡·文学总略》，刘梦溪主编：《中国现代学术经典·章太炎卷》，河北教育出版社1996年版，第45页。

的文学性是很弱的。例如，杜甫的诗审美性很强，诗的形式本身非常严谨。第二，文学作品具有娱乐功能。如果一部文学作品让人看了之后不舒服，看不懂，从中体会不到一点快乐，那么这就不是一部好的文学作品。文学如果失去了娱乐性，也就失去了它的价值。如果一部文学作品一直能够满足人们的需要，这就是好的作品。所以说评价文学作品的标准之一，就是文学的娱乐功能强不强。第三，文学作品具有教谕功能。教谕功能是指读者在读一篇文学作品的时候，在可以学到某些道理，对人生有更深刻的感悟。第四，文学作品具有认知功能。认知功能主要与哲理相关，它具有纯知识性的特点，让读者领悟某种较高深的道理或者灌输某类专门的知识。比如《三国演义》可以给读者提供一些知识性和技艺性的东西。第五，文学具有实用功能，如押韵的功能。[1]

中国的诗歌情景交融，特别符合中国人的思维方式。例如，中国诗歌中有很多写景的诗句，特别是写山写水的。一切景语皆情语，所有写景的语句都是情的象征。中国的诗歌还讲物我之间的交流，外部世界与诗人本身是一体的，中国传统哲学中也有天人合一的思想。所以在翻译中国诗歌时，经常碰到主语问题。在中国诗歌中，第一人称“我”常常不出现。而英文诗歌往往有明确的主语，如英文诗歌中的I。西方人总是要明确地找

① 参见辜正坤：《中西文化比较导论》，北京大学出版社2007年版，第263页。

到诗歌的主语是谁,因此他们在翻译过程中往往根据自己的理解在译文中加上明确的人称代词,这样才觉得诗歌中的关系是确定的。如果实在找不到明确的人称代词,他们就把句子翻译成被动句。实际上在中国的语言中,没有太多的第一人称“我”出现,特别是在唐诗宋词里。这些东西西方人很难理解,在翻译当中也很难表达,所以在汉诗英译的时候,很多时候都只好硬塞进一个“我”。中国的文学作品,尤其是诗歌,重在写人与人、人与世界的关系。在写情方面,表面上写的是外部世界,其实是表达作者的内心世界。中国的文学作品侧重情理性,情理性侧重描写美的情、美的人性。中国文学在抒情方面比较注重,叙事成分比较少,这些和西方文学正好相反。

二、西方文学的叙事传统

英文中“文学”是“literature”,本意是“writing, grammar, learning”,指写作、语法和知识。西方文学的源头是古希腊的《荷马史诗》,从一开始就向着叙述事理的方向发展,注重客观事实,叙事性非常强。如辜正坤所言:“《荷马史诗》都是若干故事的连缀,不过为了便于古代行吟歌者记忆历史事迹,而写成了诗体。”[①]西方文学有叙事的传统,通过描写真实地再现生活,展现了很强的叙事特征。西方文学人物之间的处理也非常的巧

① 辜正坤:《中西文化比较导论》,北京大学出版社2007年版,第134页。

妙，一部英文小说很难一眼看出谁是好人谁是坏人，直到最后才能搞清楚，现代西方的电影戏剧也是如此。西方文学对人物的心理刻画也是非常高超的。

亚里士多德（Aristotle）认为，如果历史故事被讲述出来，那所得的作品就是叙事文；如果历史故事被角色扮演出来，那就是戏剧。亚里士多德这番话进一步验证了西方文学的叙事传统，其描写方法是真实再现生活。所以，西方的文学理论家经常把史诗看成叙事文学的鼻祖。在西方的戏剧中，无论是悲剧还是喜剧都比较侧重于表达人性的恶，突出生活的悲剧。亚里士多德认为，"悲剧是对一个严肃、完整、有一定长度的行动的模仿"[①]。情节和故事性是西方戏剧的重要特点，亚里士多德明确地将情节视为戏剧的第一要素。比如莎士比亚的《哈姆雷特》中的一段：

Horatio: She speaks much of her father; says she hears

There's tricks i' the world; and hems, and beats her heart;

Spurns enviously at straws; speaks things in doubt,

That carry but half sense: her speech is nothing,

Yet the unshaped use of it doth move

The hearers to collection; they aim at it,

① [古希腊]亚里士多德：《诗学》，陈中梅译注，商务印书馆1996年版，第63页。

And botch the words up fit to their own thoughts;

Which, as her winks, and nods, and gestures yield them,

Indeed would make one think there might be thought,

Though nothing sure, yet much unhappily.

(*Hamlet*, Act IV, Scene IV)

再比如《罗密欧与朱丽叶》中的一段:

Many a morning hath he there been seen,
With tears augmenting the fresh morning dew.
Adding to clouds more clouds with his deep sighs;
But all so soon as the all-cheering sun
Should in the furthest east begin to draw
The shady curtains from Aurora's bed,
Away from the light steals home my heavy son,
And private in his chamber pens himself,
Shuts up his windows, locks far daylight out
And makes himself an artificial night.
Black and portentous must this humour prove,
Unless good counsel may the cause remove.

西方的文学作品结构具有整体性,都有开头、中间和结尾,并且需要将事件或故事的各个部分用因果关系联系起来。而中国的文学往往以正剧为主，追求场面的大团圆，不走极端。西方文学的观点和中国文学有同有异。随着文学的发展，其概念本身也发生了改变，涵盖面也越来越小，主要包括小说、诗歌、戏剧等形式。

三、抒情与叙事：中西文学比较下的《红日》翻译

文学翻译是对外宣传的主要形式之一，我国对其非常重视。1949年10月，中央人民政府新闻总署国际新闻局（简称“国际新闻局”）成立，负责对外图书的宣传工作。国际新闻局于1952年改组为外文出版社，以“加强外国文字宣传”为宗旨，组织对外图书的出版和发行工作。[①]外文出版社涉及的翻译题材包括政治、文化等多个方面，范围较为广泛。中国经历了漫长的抗日战争和解放战争，这段历史是中国人永久的记忆，它充斥着日本侵略者的暴行和军阀、国民党政府的腐败，更有中国人民可歌可泣的反抗斗争，特别是中国共产党领导下的革命斗争。这为“十七年”文学作品提供了历史背景，更为革命战争小说提供了丰富素材。新中国成立后，共产党领导人民大力发展工农业生产，进行轰轰烈烈的社会主义建设，这也成为那个时期文学创作的源泉。“十七年”小说以革命战争小说和农村题材小说这两大类作品为主，充分展现了中国人民的革命精神和新中国的社会政

① 参见戴延年、陈日浓：《中国外文局五十年大事记1》，新星出版社1999年版，第23页。

治现实，为建构民族国家发挥了重要作用。[①]沂蒙题材小说《红日》是“十七年”文学乃至当时整个文坛的代表。

小说《红日》描写了在第二次涟水战役失利后，军长沈振新奉命率部队北上，日夜兼程奔至莱芜，于城北围歼敌兵5万余人，军威大振。国民党军队74师在骄横狂妄的师长张灵甫率领下，长驱直入山东境内。沈军长故意明号行军，迷惑敌人，牵着74师上了孟良崮，然后长途飞兵赶至沂蒙山区垛庄一线，布下对敌军滴水不漏的大包围。军长沈振新不顾病痛，亲临前线指挥主攻团与敌军展开激烈的争夺。最后，击毙负隅顽抗的敌师长张灵甫，全歼74师。整部作品以激情洋溢的笔墨，描写了华东野战军在陈毅、粟裕统帅下，浴血奋战，粉碎国民党军队猖狂禁锢的光辉战斗经历。作品围绕著名的莱芜、孟良崮战役，生动地描绘了惊心动魄的战斗场面和可歌可泣的英雄事迹，通过战斗活动和日常生活的具体展示，刻画了上至军级指导员下到普通战士的人民解放军的英雄形象。

《红日》作为沂蒙题材文学的代表为海外读者了解，主要归功于译者巴恩斯，他早在1961年就将《红日》译成英文。1931年，巴恩斯出生于英国萨里郡多尔金的霍姆伍德，是大家庭的长子。他有语言方面的天赋，曾获得多尔金语法学校的奖学金，并在当地教堂牧师的鼓励下，在拉丁语课上自学中文。17岁时，他用中文通过

---

① 参见倪秀华：《建国十七年外文出版社英译中国文学作品考察》，《中国翻译》2012年第5期。

了伦敦大学入学考试。他不仅擅长拉丁语和德语，还掌握了一些希腊语和俄语的实用知识。随后，他前往伦敦大学亚非学院学习中文，并于1952年以第一名的成绩毕业。在德国和韩国服役后，他成为一名自由译员，在20世纪50年代末到60年代初共翻译了12本书。1961年，巴恩斯进入达勒姆大学，同年他的《红日》英译本出版。

《红日》承载着大量的中国传统文化元素，将其传播到国外，不仅意味着将文学形式传播到国外，更意味着将不同层次、不同方面的中国文化传播到国外，让世界更好地了解中国文化。要想使沂蒙题材文学为外国观众和读者所接受，就要考虑到译介的策略。译介策略的选择不应该是盲目的，而应该基于中国传统文学作品或中西文化作品发展形成的差异。前面已经提到过，中国文学作品大多以抒情为主，而西方文学作品以叙事为主。要使中国文学作品走出国门，更好地为英语世界的读者所接受，就应该选择适当的翻译介绍策略。

要想将本土文化介绍到一个大的强势文化中，就应该考虑该文化在群体中的可接受性，进而选择适当的策略。在任何一国的文学系统中，翻译文学都是重要的组成部分，或者是子系统。而且，翻译文学和本土文学一直在为争取中心位置而斗争。如果本土文学比较强势，翻译文学就只能处在边缘地位，在该地区的整体文学系统中就显得不那么重要。但有些时候，翻译文学也会处于该国文学系统的中心位置。埃文·佐尔认为,翻译文学进入中心位置需具备一定的条件。第一,一个国家的文学处于一个繁荣的时期。第二,一国文学处于边缘地位。第三,一国文学出现文学真空的时候。实际上这个理论可以推及文化的层面,外来文化不仅是文化系统中不可分割的一部分,而且是该系统中一个活跃的因素。它在文化系统中并不总是处于边缘地位。对于一些大的或强势文化来说,外来文化只能处于边缘地位。但是在某些条件下,它的地位就可能发生转化。①当被译介的目标文化处于社会的中心地位时,文化的译介将会接近原作,体现了充分性。所以在翻译介绍文化的时候,一定要考虑所介绍的文化在目标文化中的可接受性。在过去的100多年里,中国的读者拥有比较丰富的西方文化的积累,在心理上也愿意接受西方文化。而西方人在过去的100多年间,对自己的文化持有强势自大的心理,因此大多数西方人对中国文化没有好奇心,也无法对中国传统文化进行正确的理解。就目前的状况来看,中国传统文化在外国世界中依然处于边缘地位,因此要想外国世界了解中国文化,增强译介的可接受性,就需要对一些地方进行必要的变通。

翻译对中国文化产生了多方面的影响。首先是对汉语词汇量的影响。通过翻译,汉语的词汇量增大,词汇量的增大就意味着思想容量的增大,思维能力的增

① 参见彭萍:《多系统论与中国文化"走出去"》,《河南社会科学》2015年第2期。

强。其次，翻译对汉语的文体、题材也有一些影响。例如《红日》里面的描写：

十几盆木炭火，在会场里熊熊燃烧，冒着青烟。但是，庙宇里的空气，还是逼人的寒冷。身穿棉大衣或皮大衣的军官们挨挤着围在火盆旁边。

墙壁上挂满了地图，一幅标示当前敌我兵力分布的战争形势图，触目地挂在墙壁正中。图上标志的红色的蓝色的箭头，密密地纵横交叉着。只要注目一看，就会感觉到战云密布，狂暴的战争风雨就要降临。

A dozen or so braziers of charcoal were burning brightly in the conference room with blue smoke rising from them. Nevertheless the air in the temple was still uncomfortably cold. The officers didn't take off their quilted or fur greatcoats but hundled tightly around the braziers.

The wall was covered in maps and in a prominent position in the center of the wall was a map giving the present disposition of their own and the enemy's forces and showing the battle situation. The map was marked with red and blue arrows criss-crossing each other closely in all directions. One close look was enough to give one the feeling that the clouds of war were gathering thick and fast, and that a hurricane of frighting was about to be unleashed.

《红日》里的描写部分经常使用修辞，翻译时大多需要重构。如果在英语中找不到相同的表达，考虑到译文的可接受性，对人们意向进行重构则成为一种必然。此外，重构还可以是句子结构的转换，使英译文看上去情节更统一，更像是在叙述一个完整的故事。《红日》第一章里描写出这样的场景：

淤河堤岸的大道上，平日过往不断的行人、旅客，商贩的车辆、骡马也绝迹了。南城门外，那棵出生了二百四十年的高大的巨伞般的老白果树，孤独地站在淤河边上，在寒风里摇曳着枯枝残叶，发着唏嘘的叹息声。

这是深秋初冬的时节。高粱、玉米、黄豆已经收割完了，枯黑的山芋藤子，拖延在田里，像是一条条长辫子。农场上大大小小的一堆堆高粱秆、豆秸，寂寞地蹲伏在那里。

The people on foot the travelers and the traders carts and mules and horses that normally passed in a continuous stream along the high road skirting the bank of the River. Yu had also disappeared. The old gingko tree that had stood like an immense umbrella outside the south gate of the city for the last two hundred and forty years rearing its length lands on the river-bank, signed and whispered as its dry, almost leafless branches swayed in the chill breeze.

It was the time of year when autumn dwindles into winter. The sorghum, the maize and the soya-beans had all been harvested and now the taro-vines, black and sapless, straggled over the fields like long pigtails.

原文中的“白果树”“叹息”“山芋藤子”“长辫子”都用了修辞手法,这些修辞的使用加强了原文的生动性,让观众产生了“情景交融”的共鸣。译文用了比喻句,突出了情节,符合英语的叙事传统,从而能够引起国外观众的共鸣。原文中有些情节是作者的亲身经历,无需考虑读者的反应和接受。因此,巴恩斯在翻译的过程中完美地再现了原文,其译作成为令人满意的翻译文学。

把文学作品或文化译介给西方,有效的策略就应该是贝克提出的解释性的时空建构。时空建构是指选择某一文本,并将之置于一个特定的时空语境下突出此文本的叙事,并引导读者将此文本与他们所能接触到的叙事相联系。在文学译介的时候,应该将整个内容编成一个故事,迎合西方读者和观众的习惯,这种策略也是翻译中副文本的一种形式,也是我们经常说的讲好中国故事的一种策略。

在贝克的社会叙述理论中,选择性建构就是在翻译过程中通过省略或增加某些内容来强调原文中隐含的叙事,而达到更高的层次。西方的读者和观众比较重视叙事部分,所以翻译时如果不进行适当的删减,就会降低接受性。比如,在《红日》第五章中作者写道:“我要称称他们的骨头到底有多重?”这里的描写显示出中国人对敌人的愤怒之情,但在英语中如果直译,则无法引起人们的联想,所以只能用“I'd like to see just what they're made of.”来表示,对句子进行重构,变成了完整的叙事结构。例如,在《红日》的第十九章中作者这样写道:

惨白的阳光,斜照着吐丝口的石圩墙上。圩墙的石缝里,不断地挤出一条一条水柱,眼泪一样地往下流滴。圩门楼上的冰冻,也在融解,冰铃铛不住地跌落下来。

A pale sun shone down obliquely on the stone walls of Tusikou. From the crevices between the stones of the walls dribbles of water continually oozed out and dripped down like tears. On the building over the town gateway the ice was also thawing and icicles kept dropping from the eaves.

连续不断的报捷的电话,战斗的顺利发展,激动了团长刘胜。他摔下身上夹绒大衣,束紧皮腰带，在晓光透进团指挥所的矮屋子里来的时候，他沿着电话线，大步急走地奔向战斗的前沿阵地去。

The continuous stream of reports of victory that came over the telephone and the successful progress of the fighting was a good encouragement to Liu Sheng, the regimental commander. Throwing off his lined woollen greatcoat and tightening his waist-belt he stepped out into the first light of morning that was filtering into the low room that was being used as the regimental command post and set off with swift strides along the telephone lines towards the front-line positions.

这段话感情意味非常的浓厚，表达了团长刘胜对捷报电话和胜利的激动之情。译者进行了解释性的翻译，将原文译成了连贯的、富有情节性的句子。

再如原文中："'嘴说曹操，曹操就到！'熟悉戏文的安兆丰接着说。"巴恩斯的译文是："'Talk of Cao Cao and he's sure to appear!' added An Zhaofeng, who knew all the operas."

"说曹操曹操到"是出自《三国演义》的一个典故。简单地翻译为"Talk of Cao Cao and he's sure to appear!"会使西方读者感到莫名其妙，因为他们不知道中国人人皆知的曹操是何许人物,和文中的安兆丰又有什么关系?所以,现在常被译作“Speak of the devil and he doth appear。”翻译时还需加注这个习语来自《三国演义》。

《红日》里引用典故的地方还有第四十五节:

> 如果一个钟头要赶三十里路,他们的两只脚就可以像《封神榜》上的哪吒,装上风火轮架空飞走。
>
> If they had to travel thirty miles in an hour their feet would be provided with wheels of wind and flame like Nazha's in the *Fengshen Bang* and they would fly through the air.

译者添加了有关《封神榜》和“哪吒”的注释,告诉读者《封神榜》是什么作品,“哪吒”和“风火轮”的由来,使译文更加容易理解。注释如下:

> The *Fengshen Bang* is a famous ancient Chinese novel of the supernatural written by Xu Zhonglin in the latter half of the 16th century. Nazha is a young warrior-god who figures in the book; he was shod with wheels of wind and flame and moved with supernatural rapidity.

这类注释可以有不同的方法。杨宪益夫妇和英国汉学家霍克斯(David Hawkes)处理《红楼梦》第三十回“东施效颦”这个典故时就用了不同的方法。原文是:

"难道这也是个痴丫头?又像颦儿来葬花不成?"因又自叹道:"若真也葬花,可谓'东施效颦',不但不为新特,且更加可厌了。"

杨宪益夫妇的译文是:

"Can this be another absurd maid come to bury flowers like Taiyu?" he wondered in some amusement. "If so, she's 'Tung Shih imitating Hsi Shih', which isn't original but rather tiresome."

Note: Hsi Shih was a famous beauty in the ancient Kindom of Yueh. Tung Shih was an ugly girl who tried to imitate her ways.

杨宪益夫妇的译文加了一个注释,简单直接地告诉读者东施和西施是什么人。比如,"猪八戒照镜子,里外不是人"也是一个常用的俗语。有人把它翻译成"The Piggy looks at a looking glass, neither he nor his image in it look like a person."。字面意思译出来了,但确切的含义没有译出来,其实里面的"猪八戒"无需译出,可以简单地翻译成"He was blamed by both sides."。对于上面的"东施效颦"霍克斯的译文是这样翻译的:

Can this be some silly maid come here to bury flowers like Frowner?" he wondered. He was reminded of Zhuang-zi's story of the beautiful Xi-shi's ugly neighbor, whose endeavors to imitate the litttle frown that made Xi-shi captivating produced an aspect too hideous that people ran from her in terror. The recollection of it made him smile. "This is 'imitating the Frowner' with a vengeance," he thought, "if that is really what she is doing. Not merely unoriginal, but downright disgusting!"

这段译文采用了加以解释的办法准确将典故融进了文本。所以这类典故在翻译时一般不能直译,为了使读者准确了解其真正含义,需要加注或者进行解释性的翻译。再如,《红日》第二十二节中的一句话:

梁波知道刘胜没有看到他也坐在这里,有意地不做声,听听这个据说和猛张飞性格相似的刘胜,到底说些什么,为的什么事情,他在这个战斗沉酣的时候心情不愉快。

原文中有典故"张飞",对比巴恩斯用了添加注释的方法将其译:

Liang Bo knew that Liu Sheng had not noticed that he was sitting here as well. He deliberately kept quiet to hear what this fellow Liu Sheng (a second Zhang Fei in temperament, so it was said) would say and why he was so unhappy just now when everybody else was fighting with such violent abandon.

英语中也有特有的典故和人名，如莎士比亚笔下的人物 Hamlet、Romeo、Julia 等，大家都比较熟悉，有时可以直译。但对大多数的人名在翻译时可以采用加说明或注释等有效的方法。英文谚语“Even Homer sometimes nods.”，有人译作“荷马也有打盹时”，但最好还是加注“荷马是古希腊著名诗人”，译为“智者千虑，必有一失”。如果这句“He is as rich as Croesus”被翻译为“他富如克里索斯”就不合适，要注明 Croesus 是公元前6世纪吕底亚的国王，非常富有。翻译这类人名时，除了加注外还可以避开具体人物而采取解释性的翻译，使译文更加简洁。

综上所述，沂蒙题材文学要想实现真正意义上的海外传播，从目前来看，就要考虑到其在国外世界的可接受性，让沂蒙题材文学的形式更好地向西方文学靠拢。由于中西方文学存在抒情和叙事的差异，所以必须根据这种差异选择译介策略。其中解释性的时空建构属于总体译介策略，选择性建构、忠实性建构等策略分别适用于中国文学中不同抒情手法的翻译，旨在符合西方的叙事传统。上述建构策略大多属于归化翻译，考虑译文的可接受性。而沂蒙题材文学的翻译会更多地使用忠实性建构或异化翻译策略，以保留原文的真实意境。

第五章　社会叙述理论视角下的沂蒙影视文学英译

以沂蒙为背景的电影是中国电影的一个比较独特的视角,题材以战争和乡村为主,彰显了沂蒙人民的精神。其中,以沂蒙山区的战争为题材的影片气势宏大,震撼人心,使观众深深记住了这段历史。例如,电影《红日》是沂蒙战争影片的经典作品。影视剧《沂蒙》表达了农民与军队的水乳交融、荣辱与共,是时代精神和集体记忆的体现。从社会学的角度看,社会网络本质上是由不同的组织、个人以及人与人之间的社会交往构成的。从社会网络的理论看,翻译是社会行为,涉及各个层面,包括译者、翻译项目的个人或组织者,还包括译入语的读者和受众。本章从社会叙述理论视角探讨沂蒙影视文学的翻译以及翻译中存在的问题,并尝试提出问题的解决办法。

第一节　沂蒙影视文学翻译原则

影视文学包括电影文学和电视文学。电影正式诞生于1895年,是近现代科学技术与各门艺术相结合的产物。电影剧本是电影中的文学因素,其创作要符合电影艺术的要求,这就决定了电影剧本的特点。电影剧本的创作是为了拍摄,而不是为了阅读。所以,电影剧本要有具体、生动的视觉形象。在视觉画面中,人物主要的表现手段是动作和语言,语言相比动作处于一个次要的地位。电影剧本要叙事,叙事就要有结构安排。在贝克看来,翻译不仅仅是一种简单的解释性建构,而是包含了一系列解释性建构的行为。因此在翻译过程中应该考虑社会文化环境的影响,对源语和目的语的社会文化环境进行调节,使之适应目的语的叙述。因此,译者应该将源语与译入语读者和集体所在的文化取得关联。文学叙事也被赋予了浓重的社会认识论和本体论色彩,被视为认识自我和社会的基本方式。[①]叙事学家杰拉德·普林斯(Gerald Prince)在其《叙事学词典》(*A Dictionary of Narratology*)中写道:"一个确定的文本,与它所引用、改写、吸收、扩展或在总体上加以改造的其

---

① M. R. Somers, "The Narrative Constitution of Identity: A Relational and Network Approach", *Theory and Society*, vol. 23, no. 5 (1994), pp. 605—649.

他文本之间建立关系，并且依据这种关系才可能理解这个文本”[①]。

奈达指出：“语言可能只是文化一个相对较小的部分，但又是文化功能和永久流传中不可或缺的一部分，因此，优秀的译者总会意识到词汇最终只会在相应的文化中才有意义。”[②]中西文化存在着巨大的差异，尤其是沂蒙传统文化中掺杂着中国地方文化特色元素，包括具有沂蒙特色的称呼、文化、意象、典故等。如果翻译工作者对沂蒙地方文化不太熟悉，翻译出的沂蒙题材文学就可能会直接影响外国观众对整部文学的理解和接受。这就要求译者对沂蒙文化和译入语观众的文化心理都有所了解，在传达原文意思的同时，更好地使译文为广大观众所接受。沂蒙题材文学翻译尤其是沂蒙影视文学的翻译旨在让英语读者了解沂蒙本土文化，理解文字传达的内涵，因此翻译应该遵循以下原则。

第一，沂蒙影视文学要以传达原文的基本信息为基础。传达信息是任何翻译的根本要求。奈达和泰伯将翻译定义为原文中的信息在译入语中找到最贴切的自然对等，首先是意思的对等，其次是风格的对等。[③]卡特福德(J. C. Catford)认为翻译是用一种语言中的对等文

① 转引自程锡麟:《互文性理论概述》,《外国文学》1996年第1期。

② E. A. Nida, *Language and Culture: Contexts in Translating*, Shanghai: Shanghai Foreign Language Education Press, 2001, p. 139.

③ E. A. Nida and C. R. Taber, *The Theory and Practice of Translation*, Leiden: Brill, 1969, p. 12.

本材料,去替代另一种语言中的文本材料。何匡认为翻译的任务就是要把原语言形式表现出来的内容,重新表现在译文的语言形式中。[①]影视文学翻译是满足观众的观赏心理的一个手段,能够帮助观众更好地理解表演。随着影视表演场景的不断切换,字幕需要跟着表演的推进不断更新。在翻译影视字幕的时候,译者需要表达出原文的基本信息,可以追求与全文的完全对等。

第二,影视文学翻译要以满足观众的欣赏心理为核心。翻译是一种有目的的行为,按照翻译的目的论,翻译忠实的程度和翻译采取的策略应该考虑到翻译的接受群体,考虑到翻译的目的和译文的可接受度,同时这也是社会叙述理论的一个重要内容。影视文学的翻译应该满足观众的观赏心理需求,激发观众的兴趣。沂蒙影视的翻译,如果译入语是英语,就应该从英语观赏艺术的角度出发,选用英语中与汉语功能最相似,最容易为英语观众所接受的表达方式,让观众更好地理解,帮助他们更好地欣赏表演,激发观众对中国沂蒙本土文化的兴趣。特别是沂蒙地方文化包括众多的音乐、艺术等多方面的优秀成果,如广为流传的《沂蒙山小调》体现了沂蒙本土文化内涵和特色。它以高昂激情的节奏,充满山东地域特色的韵律,传遍大江南北,成为沂蒙山的代名词。有人把《沂蒙山小调》翻译为“A Canzonet of Yimeng Mountains”,这种译法无法传达丰富的传统文

① 参见何匡:《论翻译标准》,罗新璋编:《翻译论集》,商务印书馆1984年版,第613页。

化和地域特色，而翻译为"A Folk Song of Yimeng Mountain"能够达到更好的交际效果。

A Folk Song of Yimeng Mountain

Everybody says that Yimengshan is good
Yimengshan that mountain is good scenery
Green hills and green water is so attractive
The breeze blow grass sees the cattle and sheep lowly
Sorghum that comes the bean flower fragrance red
Wan Dannei a millet piles up with the warehouse
Yimengshan's people are radiant

沂蒙影视文学的翻译要采用灵活的翻译策略。地方文化的对外传播是中国文化走出去的具体体现，因此应该在综合考虑和优先适用的原则下进行。沂蒙本土文化根植于中国传统社会与文化，这些社会和文化因素与外国观众之间难免有一定距离。这就要求译者对原文有通透的理解，特别是一些具有强烈地方文化色彩的名词，还没有形成约定俗成的翻译，应该为这些名词确立标准。比如说"沂蒙精神"应该被译为"Yimeng Spirit"，"沂蒙红色文化"应该被译为"Yimeng red revolutionary culture"，"华东革命烈士陵园"应该被译为"East China revolutionary martyrs' cemetery"，"两战圣地"应该被译为"Holy land of anti-Japanese war and war of liberation"。此外，还有采用尊重中西方文化习俗的文化对等、增补等翻译方法。比如沂蒙"红嫂"如果按字面翻译的话，应该是"red sisters"，但是这种翻译直接误解了中文语境中的含义，不符合文化对等原则。所以，应该直接译为"Hongsao"，之后再给予增补的解释"The revolutionary heroines of Yimeng"。

第二节　沂蒙影视文学中文化元素的英译

文化元素是指特定文化中的表达方式，与地方的生态环境、物质生活、精神生活、风俗等有密切的关系。在影视文学中，这些元素会影响读者对影视人物的认同感，所以探讨对这些元素的恰当翻译策略非常重要。文化元素包含的内容比较宽泛，涉及人类的物质生活和精神生活的各个方面。本节主要讨论影视文化因素的几个方面，如称谓、人名、隐喻、习语、典故等的翻译。

称谓是指称呼他人所使用的称呼语。中国文化注重伦理道德，对君臣、父子、男女、老幼的尊卑秩序有着严格的规定。中国的称谓分类也比较详细，在中国的称呼语中，不仅有称呼语，还存在一些表人的仿词。所谓仿词，是在基本词的基础上通过类推而产生，因而也可以称为仿拟词。仿拟词的词语形式主要表现为词语模，所谓的词语模指具有新造词语功能的各式各样的框架，由模标和模槽两部分构成。模标是词语模中的常量语素,通常用A表示;模槽是词语模中的变量语素,即模架中的空位,通常用X表示。那么,将模槽X与模标A嵌入词语模模架,就可以构造出词语模型,以结构为中介的仿造词大部分以这种形式仿拟而成。[①]

汉语中的称谓和造词比英语复杂得多。所以在翻译过程中要按照英语观众的称谓习惯进行规划,从而使译文能够为英语观众所接受。以《红日》第十四节为例:

"指导员没看到吗?六班长的鼻子两只香烟一齐吸!"

"Haven't you noticed? 6 Section-leader's nose is smoking two cigarettes at once!"

"像啥?像个金殿装疯的赵小姐!"

"What are you like? Miss Zhao pretending to be mad in the Palace!"

在这个例子中,"指导员"就是一个称谓,"六班长"也是一个称谓。六班长译者翻译成了"6 Section-leader",指导员省译掉了。在这句话中,作者还提到了中国传统戏剧京剧里面的"青衣旦角",译者在译文中没有翻译"青衣旦角"。"生""旦""净""末""丑"等这些行当名称的英文翻译并不统一,"青衣"有人翻译成"Qingyi",也有人翻译成"Blue-gowned Female Role"或"Black-gowned Female Role",还有人翻译成"solemn

① 参见徐国珍:《论仿拟造词法的内部理据——汉语造词法理据探析的个案研究》,《汉语学习》2007年第6期。

female"。[①]

中文名字的英译现在一般采用汉语拼音的形式，姓译成一个词，名译成一个词，名的两个字的音译之间不加连字符。如《红日》里"你为什么不钻到蒋介石的身上去？为什么不钻到张灵甫的身上去？"这句话被译为"Why couldn't you stick in Chiang Kai-shek? Or Zhang Lingfu?"蒋介石和张灵甫这两个名字分别被译为"Chiang Kai-shek"和"Zhang Lingfu"。其中Zhang Lingfu使用的是汉语拼法，而Chiang Kai-shek使用的是韦氏拼法。同样，孙中山被译为Sun Yat-sen，许多海外华侨也常用韦氏拼法。译者要尊重他们的习惯拼法。少数民族人名的翻译，不能按照所用汉字的发音，而要根据原本的民族文字，如阿沛阿旺晋美、司马义艾买提。另外香港的人名英译时不能按普通话读音译，应该按照广东话发音，比如说董建华译为"Tung Chee-hwa"。

有人认为翻译就是翻译意义，这种说法有一定的道理。然而在翻译某些词语或有鲜明文化特色词语的时候，译者就处于两难的境地。现以实例说明：

> 梅福如趁着余老大娘快乐的心境，跟她说妥就在今天晚上，叫杨军和阿菊搬住到大娘家里，成过亲的事照新成亲的事办，点红烛，贴红纸，盖红被，吃红枣。梅福如向大娘连连作揖

① 参见刘宝杰：《试论京剧行当和剧目名称翻译》，《中国京剧》1995年第4期。

地说：

“今天老历初六，逢双，日子好，太阳红彤彤的。大娘，恭喜你！”

Mei Furu now made the most of old Mrs. Yu's cheerful mood to get her to agree to having Yang Jun. And Ahju move into her home that every evening. The adoption would be done in the style of a wedding with red candles alight, strips of red paper on the walls, a red coverlet on the bed and red dates to eat. Mei Furu bowed repeatedly to the old man and said:

"Today's sixth in the old calendar and when the day is even-numbered it means a lucky day. and the sun as red as can be. Congratulations, mother!"

汉语中的“农历”“初六”“逢双”“成亲”“红纸”都是带有浓厚文化色彩的词，在这种情况下，译者应该考虑运用一种能够使译文读者吸收中国文化的方法来补偿译文读者的文化缺省，使原文中的意义和意象在译文中都得以保留。

英国人类学家拉德克利夫-布朗(A. Radcliffe-Brown)首次提出了用社会网络的概念来描述社会结构。社会结构的研究分为两个方面，一方面是遵循社会计量学的传统，研究整体网络也就是社会体系中角色关系的综合结构;另一方面是以个体为中心的自我中心网络,更加关注个体行为如何受到社会的影响,个人如何通过人际网络结合成社会团体。

文学叙事中的人物、时间、空间、事件等多元要素由叙事者的视角组织成情节,以文字符号艺术的方式感染读者,引导读者竭力解读作者通过叙事意图表达的思想。虚构绝不仅仅存在于文学创作中,而是普遍存在于人类的一切活动中,建立在社会历史生活的基础上,创作者会为历史的断层通过缝补、挪移和创造补足缺失的情节。童话故事和科幻小说皆为虚构规约对现实世界的偏离,受制于偏离现实的可然律原则。但是,它们无论偏离度多大,仍然建立在现实世界诸元素的基础上,不会过度挑战人类的认知框架和认知图式,可以视为创作者对现实的一般化虚拟模仿,基本符合读者的阅读审美标准。所谓的极端虚构是个相对的概念,指那些特别出乎读者意料并因而会对他人的认知产生强烈影响力的文学创作。极端化虚构叙事归因于作者刻意设计文学创作技巧,或者对已有虚拟叙事给予重写,或者多重叙事视角变换交叉,或者时空颠倒错乱,挑战读者的认知阅读能力和审美情趣,接近或者超越普通受众认知模式的边缘极限。因此,虚构叙事也会超越某个文化背景或者某个全体的读者的心理承受能力,产生文学欣赏和教育之外的力量。那么从这个意义上说,极端的文学虚构叙事就会对读者施加认知暴力。叙事的认知暴力指在叙事认知的过程中,将自己的认知图式强加于他人,以至于对相关人构成身体或者情感的伤害或威胁。在认识自我、他人和社会过程中,人们习惯按照现存的文化模式对生活叙事化,易受利己欲望驱动分配角色功能并且引导叙事认知方向。极端虚构的叙事个案对一定范围的读者可能产生效力,比如普通的读者;但是对于另一些读者未必是极端叙事,比如文学评论家。暴力是人们无法预料并且不易察觉的消极影响力,对读者或作品中的他者的认知产生效应,但是读者是终极的认知暴力接受对象。它可能像家庭生活中的冷暴力那样,人们只能在心灵中感知而无法言表。认知暴力也是软暴力,不像生活中血腥的暴力那样刀光剑影,而是给读者缓慢地、长久地施加力量,影响其认知能力甚至导致部分人的认知偏差。

文学作品的书写都是以语言为载体,在文学创作方面分两种,一种是普通话,一种是方言。普通话多以行文为基础,而方言则是地域性的。在沂蒙影视文学中,方言俗语的引用也是展现文本地域特色的"法宝"。为了呈现人物的真实生活状态,作者将日常对话设定在方言俗语上,在表达情意的同时,增强了本土气息,使读者同故事当中的情感更为接近。沂蒙题材文学涉及大量的沂蒙山区独有的称谓、俗语,如在《红日》第十章第四十节中就有一段伤残炮手梅福如在病房里夸赞战斗英雄杨军班长的快书:

话说江南天目山,西连黄山,北接莫干山,

南傍富春江，东临杭州湾、玉盘洋。怪石奇峰，青松绿竹，百花斗艳，百鸟争鸣，海浪滔天，江流荡漾等等名山胜水，丽色美景，我且按下不表。单表天目山出了个小将杨军，身经百战，算得个英雄好汉。比武松，武松有愧，比子龙，子龙不如。……杨小将军到得前方，定将大显神通，英勇上阵，杀得敌人片甲不留，马死人亡，屁滚尿流，呜呼哀哉。诸位看客听者！……诸位意下如何？

South of the River, so runs the tale, a mountain stands that men call Heaven's Eye; westward the Yellow Mountain touching, northward joined to Mount Mogan; on its sounthern side flows Fuchun's stream, and eastward it looks o'er Hangzhou Bay and Yupangyang. Wild crags, fantastic boulders, dark pine-woods and verdant bamboo groves, a hundred flowers vying in beauty and a hundred birds in song, foaming lakes that rage against the sky, the ripple and swirl of rivers—of such famed marvels of hill and stream as these, of its vistas of hill and streamas these, of its vistas of loveliness delighting the eye, I cannot tell you more. For my tale is Yang Jun, a warrior born on the Mountain who has fought a hundred battles, and proved himself a hero and a man. Wu Song himself would pale beside him and Zilong seem a sham. But now that he, recovered from his wounds... Yet when this warrior to the battle-field is gone, we may not doubt that he will display all his valour: courageously into battle he will go, and wreak such havoc among the foe that not a fragment will remain of all their armour; they will perish, horse and ride, and break and flee before him in wild alarm with cries of woe. Give ear, then, gentles, to what I say: now that our comrade-in-arms is about to leave us, let each among us give his share to get us flesh and wine withal... What do you sirs, say to this?

原文直接借梅福如的快书表演的方式从侧面塑造人物形象,其文本灵活运用并借鉴了“山东快书”的形式技巧。“山东快书”属于地方传统曲艺形式,它以快板说唱为形式,语言韵律性强,可及时反映社会生活。演员吟诵唱词,间以说白,表演上讲究“手、眼、身、步”及“扣子”“包袱”的运用。其中民间文学的元素被很好地改造利用,在此段快书中,说书者亦是叙事者,对人物的事迹无所不晓,将杨军的战绩全盘托出,使诸位“看客听者”亦是读者无不拍手叫好,遂之产生了幽默风趣、乐观积极的叙事效果。由此看来,“快书”表演要求说书人极尽掌控之能事,以全知全能的姿态解析故事的来龙去脉,或是在全知与限知动态性并奏中讲述故事,吸引“诸位看客听众”。再如:

> 被几杯酒染红了脸的梁波,看到黎青的仪表端庄而又大方,容貌美丽,性情好似也很淑静温存。在这样一个女性面前,他情不自禁地感慨起来,把面前的一杯酒,一口饮了下去,说:
>
> “小生三十五,衣破无人补。我呀! 跟四十挨肩啦!”
>
> 黎青笑了一声,把梁波的杯子斟满了酒,走了出去。
>
> His face reddened by several cups of wine, Liang Bo took stock of Li Qing: she had a dignified yet easy manner and a beautiful face. She seemed to be modest and good-natured by temperament. Being now in the presence of such a woman he was overcome willy-nilly by a sense of regret. He picked up the wine cup that was in front of him, swallowed the contents down at one draught and said:
>
> “At thirty-five my clothes are rags: I have no one to patch the jags. And me, I’m rubbing shoulders with forty!”

Li Qing laughed, she filled Liang Bo's cup again and went out.

在这个例子中,“性情”是个中性词,语境信息有限,如果直译的话,就会造成英语读者在阅读过程中必须基于下文语境提供的细节才能判断黎青的性情温静。梁波说的“小生三十五”这句话里的“小生”是中国传统戏剧里的行当术语,译者直接把它删去,没有引起西方读者的误解。

语言和文化密不可分,所有的语言活动都蕴含着社会文化意义,而翻译又是文化交流中不可缺少的语言活动,那么译者就不应该只盯住语言本身,而应该密切关注原文材料中蕴含的文化价值,设法把这种价值充分转移到译作中去。在文学翻译中,为了最大程度的重塑原作的文化氛围,译者应尽可能地保留原作的文化信息,再现原作的艺术价值和文化价值,因此,译者必须诉诸自己的全部知识、所有能够查阅的参考资料和上下文提供的线索。

综上所述,翻译是一种文化交流,我们翻译的是文化信息而不是文字的字面意思。要讲好中国故事,应该了解西方读者的思维习惯。大量阅读西方原著有助于我们了解和掌握外国人的思维习惯;同时也要充分了解我们的文化特色,找寻正确的表达方式,准确传达我们的文化思想。

第六章　社会叙述理论视角下沂蒙题材文学的传播

通过前文对沂蒙题材文学译介的具体分析，可知沂蒙题材文学的译介和传播有着重要的关联，这不仅仅是译者的责任或者传播者的责任。从社会叙述理论看，沂蒙题材文学的译介和传播与社会有着密切的关联，因此有必要从这一角度对沂蒙题材文学传播的路径和展望进行探讨。

第一节　沂蒙题材文学传播的路径

沂蒙题材文学的推介离不开国家和地方各级政府、高校、研究机构等各方的参与和支持。沂蒙地方政府和组织可以建立涵盖国际文学及文化交流、文创销售、城市介绍、文旅推介等功能的网上海外文化交流驿站，强化沂蒙文化创意和设计产业，与海外消费需求对接，推动沂蒙文化资源面向海外国家和地区的授权与合作，打造沂蒙国际性文旅品牌，进一步推进沂蒙题材文学的传播。

一、通过文化教育与学术交流促进沂蒙题材文学的传播

2021年12月11日，在“中国当代文学海外传播的回顾与前瞻”线上会议中，中宣部文艺局理论文学处处长胡友笋指出，长期以来中国当代文学在对外文化交流中一直向内吸收，以被动输入为主，作品输出很难，价值输出更难。在会中，学者们围绕当代文学海外传播与中国形象建构、翻译与中国当代文学海外传播、海外汉学家视域中的中国当代文学研究等议题展开深度探讨。中国文学海外传播与中国当代文学的性质及其在世界文学空间中所处的位置，有重要的关联。

近年来，随着我国综合国力和国际影响力增强，我国当代文学海外传播取得一定成绩。作品数量稳步增长，扶持力度不断加大，很多作品受到国外读者喜爱，传播范围从边缘小众化逐渐迈向主流大众化，网络文学等作品在海外开辟了新局面。但是我们也明显感受到，中国当代文学海外传播总体上仍不理想，国外尤其是欧美对我国当代文学和主流作家关注还不够多，我国海外文学出版依赖于一些出版社和译者的兴趣，文化壁垒和文化隔膜仍然存在。中国比较文学学会副会长、欧洲科学与艺术院院士曹顺庆教授指出，中国文化博大精深，中国文学海外传播不仅是学者的重要任务，同时也是当前

学术的前沿问题。西方文明最早是向东方文明学习，古希腊文字也来源于东方的文字，即便在当今的文明互鉴中这也是一个客观事实。

沂蒙题材文学的传播离不开沂蒙文化的传播。为了推动沂蒙文化的传播，山东省委办公厅出台了《关于大力弘扬沂蒙精神的意见》，沂蒙地方政府举办了书圣文化节、园博会、物博会并创建沂蒙文化品牌，临沂大学开展了弘扬沂蒙精神“三五七”工程。沂蒙文化的传播在对外翻译、数字媒体、民间交流等方面也正在稳步提速。政府也召开国际化研讨会打造国家化交流平台，召开国际性沂蒙文化研讨会，内容涵盖全球共同关注的热点问题，如生态文明建设、旅游资源开发、非物质文化遗产保护、全球价值观、文学翻译、民俗文化、民间工艺等，以期提高参与度，让各个领域的学者加入沂蒙文化的传播者行列，将沂蒙文化撒播到更多的国家和地区。依托高校成立国际化沂蒙文化研究中心或研究院也是促进文化交流的重要举措。山东省文化和旅游厅在临沂大学成立了沂蒙文化研究院，工作重点放在学术研究和服务区域发展上，但是国际化影响方面仍需要加强。当地一些民间组织也致力于传播本土文化，但影响力较小，传播的广度和效度都极其有限。国际化研究中心或研究院在打造国际化交流平台、扩大国际影响方面具有先天优势，可以使沂蒙文化的国际交流常态化，是促进沂蒙文化传播的可行途径。

二、充分运用传统媒体促进沂蒙题材文学的海外传播

20世纪下半叶，文学经典作品的影视媒体传播速度达到了新高，具体的传播形式也多样化、艺术化。文学艺术和影视艺术相互借鉴、相互交融的现象越来越普遍，文学家也积极参与电影的创作，文学与电影的互融共生成为常态。同时，影视媒体作为文学经典传播的途径之一也受到了学界越来越多的关注。

研究文学传播的新途径还要从它的源头说起。爱弥尔·左拉曾经说过，每个世纪的递嬗变化必然会体现于某种特定的文学形式，如果17世纪是戏剧的世纪，那么19世纪将是小说的时代。[①]20世纪是影视新生并与文学共同成为叙述样式的世纪，文学经典的跨媒体文学文本传译呈现了各种艺术形式相互竞争又相互交融的文化景观。文学历史悠久，经典众多，而影视文学是一种新兴的年轻的艺术文学。“从语言到文字，几万年；从文字到印刷，几千年；从印刷到电影和广播，四百年；从第一次试验电视到从月球播回实况电视，五十年。”[②]在最初的阶段，影视与文学的互动不平衡，但又相互影响。

① 参见[法]爱弥尔·左拉：《自然主义与戏剧舞台》，转引自吴笛总主编：《外国文学经典生成与传播研究》，北京大学出版社2019年版，第31页。

② [美]施拉姆、波特：《传播学概论》，陈亮等译，新华出版社1984年版，第19页。

很多新的小说被改编成电影，这也体现出了文学与影视的最大交集是文学作品的影视改编。根据对文学原作的忠实程度，影视改编可以分为忠实的改编和自由的改编。自由的改编需要编导发挥创造性的作用，但自由的改编也需要有个限度，否则改编出的影视剧就会变得与文学原著毫无关系，也就失去了改变的意义。正如小说《这里的黎明静悄悄》的作者鲍里斯·利沃维奇·瓦西里耶夫所言，改编电影作品是对原作的一种阐释，而阐释的方法多种多样，不同的改编方法都有可能变成不负责任的阐释。因为创造性的改编方法往往被不求甚解、随心所欲的态度替代，某些独创性换成了自满自足、自我炫耀，而忠实于原作的创作态度则变成了逐字逐句地照搬。[①]

在社会科学规划研究、非遗文化传承、文学艺术作品创作等方面，政府不遗余力加大政策支持力度，为沂蒙题材文学的传播奠定了坚实基础。沂蒙题材小说《红日》被改编成电影作品。影片《红日》集中了大马场最优秀的演员，导演汤晓丹和演员们塑造了中华人民共和国建立初期“十七年”电影中最接近真实情况的一部作品。1963年10月，《红日》公映，在全国引起了极大的反响，同时电影插曲《谁不说俺家乡好》也一起红遍全国。芭蕾舞剧《沂蒙》结合了中国故事和西方艺术形式，用舞台呈现了沂蒙红嫂的坚毅无私。该剧以深刻凝练的剧情

① 参见[苏联]瓦西里耶夫：《作家和电影》，芊岸译，《世界电影》1983年第3期。

脉络,将真实感人的事迹串联起来,让观众感受发生在沂蒙山区的真实故事。此外,积极拓展海外交流平台也是沂蒙题材文学对外传播的重要手段。海外华人及组织具有环境优势,他们身处异域文化语境,更熟悉目标受众的文化理念,同时,也能跳出源文化的局限做出反思,使文学的交流更富成效。华人学者、作家、记者等职业人员都是传播资源。此外,还可以利用异域地方传播渠道,如国际频道、海外版电视、网络、报纸等媒介,提升沂蒙题材文学的社区传播效度。

三、创新使用新媒体促进沂蒙题材文学的海外传播

新媒体是中国对外传播战略的重要突破口,是我国对外传播的努力方向。全球传播的概念日益普及,已经成为主流话语中的核心概念。有学者认为,全球传播理论伴随着国际关系理论和传播学理论的演变,经历了国际学阶段,目前我们已经进入了跨国化阶段,其突出特征是世界主义的兴起和全球公民社会的产生。[①]世界主义三个核心要素已经得到大多数学者的认同,即个人主义、普适性和普遍性。[②]世界主义的分类包括道德的世界主义、政治的世界主义、文化的世界主义、社会学的世界

① 参见卢嘉、史安斌:《国际化·全球化·跨国化:全球传播理论演进的三个阶段》,史安斌编著:《全球传播与新闻教育的未来》,清华大学出版社2014年版,第18~30页。

② 参见陈秀娟:《当代西方世界主义研究》,《哲学动态》2010年第2期。

主义、非主流的世界主义和批判的世界主义。[①]尽管世界主义理论在东西方的发展具有悠久的历史，国内外学者也已经对这个概念进行了不同角度的阐释和探讨。但是，直接将媒体与世界主义理论嫁接的虚拟世界主义概念是美国学者布雷·麦克尤恩和索弗雷-丹顿首次提出来的。虚拟世界主义最接近的理论概念是全球传播。全球传播是传播学领域顺应全球化趋势提出的一个相对较新的概念。在此概念诞生之前已经出现对外传播和国际传播。对外传播是把本国本民族的各种信息，包括最广义的文化信息，向外国其他民族传播出去。从特征上来看，对外传播强调的是内外有别，狭义的国际传播是指跨越国际的大众传播，而广义的国际传播是指跨越国际的大众传播以及人际传播。

沂蒙非遗传承、文学艺术等成果纷繁复杂，单项的小型数据库不能满足数字时代的需求，难以发挥有效传播效果。“沂蒙地方文献数据库”建设研究发现，各类图书馆等文献机构的应用系统各自独立，每一个应用系统都有自己的数据库，如临沂大学图书馆的“沂蒙历史”“沂蒙民俗”“红色沂蒙”等数据库，沂水县图书馆的“沂蒙文学”“风俗宗教”“沂水县志”等数据库。[②]众多的小型

① 参见刘滢等：《主流媒体对外传播的新媒体策略》，清华大学出版社2018年版，第23页。

② 参见张艳鸣、曹如国、徐兴余：《地方文献集群对数据库建设的路径和价值分析——“沂蒙地方文献数据库”建设研究》，《图书馆论坛》2009年第3期。

数据库导致资源分散,无法系统梳理,不便用户的规模使用。从海外传播视角看,要整合这些数据,还要有所取舍,以便更好地利用已有资源。数据资源整合和大数据分析等技术手段为沂蒙题材文学的海外传播提供了更多有效手段。因此,可以构建以沂蒙文化素材为基础的沂蒙文化数据库,创设沂蒙文化海外传播大数据平台。采用贴近不同区域、不同国家、不同群体受众的精准传播方式,推进中国故事和中国声音的全球化表达、区域化表达、分众化表达,增强国际传播的亲和力和实效性。在海外传播中引入大数据分析,可更加精准地定位各类文化信息的目标用户、相关喜好、关注热点等,根据这些反馈,再对沂蒙文化传播策略有针对性地调整完善,将更加容易达到精准传播、分众表达的目标。同时,中国经典文学在海外的传播区域数据显示,中国经典在海外传播的热点国家以英语世界为主。海外读者对中国经典的了解内容主要以认识儒学经典为主,而沂蒙文化就是以儒家文化为基础发展来的,这种传播现状无疑对沂蒙文化的海外传播起到了助推作用。沂蒙文化的传播部门也可以向歌舞剧演出机构推荐优秀的翻译。舞剧的演出需要翻译字幕和剧目的介绍,这些剧目的脚本和外语译本也可以通过中外出版社在国外发行。中国出版社要有优秀的文化责任感,积极寻找联系国外的出版机构和优秀的译者进行翻译。优秀的翻译人员需要有意识地培养和选择。为了更好地传播沂蒙题材文学,在课堂上就要有意识将沂蒙的文化融入翻译教学,教师也可以准备一些英文题材文学让学生翻译或者是让学生评析一些材料。让学生从英语的角度来审视中国的传统文化,有助于学生在对外传播过程中进行准确表达。同时在西方文化背景知识课中,也可以将中国传统文化和西方的文化进行比较,也就是我们所说的比较文学,建立比较好的传播学的信息共享空间。

在沂蒙文化的海外传播过程中,应该建构文化互融互通的话语表达,以文化人,文以载道,从而传播社会主义核心价值观,助力共建人类命运共同体。因此,提升这一领域的翻译成果和质量才能满足对外交流的需求。被誉为"当代赵树理"的山东籍作家刘玉堂的小说真实地反映了沂蒙人的生存状态。与传统的乡土小说不同,刘玉堂的作品淡化社会矛盾,突出了当地的风土人情,成功地将国家意识形态话语和故事融合在了一起。

沂蒙经典艺术作品的海外展演可以作为传播的重点。一首极富乡土气息和诗情画意的歌曲《沂蒙山小调》讲述了沂蒙文化的历史,记录了时代,传唱至今,经久不衰。已经列入国家级非物质文化遗产名录的现代柳琴戏《沂蒙情》讲述了沂蒙山下一家人两代红嫂的故事,她们舍小家顾大家的家国情怀给全国人民留下了深刻的印象。在庆祝中国共产党成立100周年之际,民族优秀歌剧《沂蒙山》在国家大剧院震撼上演,在国内引起了极大反响。沂蒙人民唱着《沂蒙山小调》,传承着红色基因,弘扬着沂蒙精神,团结一心,生死与共。沂蒙文化孕育的沂蒙题材文学在国内的传播及研究已经取得较大的成功，但是，它的海外影响力仍有待提高，期待有更多更优秀的作品在海外传播。

沂蒙特色的文创产品的海外贸易也可以作为传播重点。临沂地处新欧亚大陆桥东桥头堡位置，交通便捷，贸易繁荣，建设了“一带一路”的综合试验区。目前，临沂已经与欧美、日韩建立了长期的商贸联系，开拓了非洲、俄罗斯、拉美等新兴市场。临沂政府还每年举办欧美联谊会、海外联谊座谈会，来加强与外国友人的沟通和交流。

此外，优美的地理风光、丰富的非遗文化也是传播的重要内容。世界文化遗产齐长城所在地、世界著名养生长寿圣地蒙山，国家级非物质文化遗产柳琴戏、龙灯扛阁、鲁南五大调、木旋玩具，精美的民间工艺，丰富的饮食文化……这些兼具自然与人文魅力的文化同样具有多彩的吸引力。必须下大力气做好地方优秀文化在本土的弘扬和发展，培养原生文化自信，才能更好地向异域传播。

总之，沂蒙文化的继承和海内外传播是中国新时代文化创新和发展的重要内容。沂蒙文化海外传播也遇到了一些难点。首先，沂蒙文化和沂蒙精神在传承方面遇到一些问题。沂蒙文化的历史研究和宣传不足，传播渠道有限，传播创新不足。当代沂蒙精神形成的时间距今约80年，这期间全球形势发生了翻天覆地的变化，存在时代隔阂。其次，在海外的传播策略和沂蒙题材文学经典的翻译工作仍有待加强，传播媒介有待拓展，对外文化交流的形式还需进一步多样化。当前我国学界关于沂蒙文化海外传播的研究已经取得了一些成果，然而，沂蒙文化的海外传播仍有待系统性整合，传播途径有待多方开拓，传播效度也有待进一步提升。

第二节　沂蒙题材文学译介与传播对讲好中国故事的启示

习近平总书记在2021年5月31日中共中央政治局第三十次集体学习时强调："要更好推动中华文化走出去，以文载道、以文传声、以文化人，向世界阐释推介更多具有中国特色、体现中国精神、蕴藏中国智慧的优秀文化。"全球传播不同于人际传播，它意味着不同文化体系的多元主体之间的沟通交流。想要做好沂蒙题材文学及文化的推介，推动提升中国国际传播力、影响力，需要确立沂蒙文化海外传播原则。对外传播不仅仅是语言的转换，还涉及目的语和本族语转换过程中的信息增减、变形等问题。

沂蒙文化的海外传播要跟上新媒体时代的步伐。习近平总书记指出："要高度重视传播手段建设和创新，提高新闻舆论传播力、引导力、影响力、公信力。"[①]用数字媒体呈现沂蒙文化，会让目标受众乐于接受。文化传播的主体主要有政府机构、社会组织、主流媒体以及自

① 《习近平谈治国理政》第3卷，外文出版社2020年版，第33页。

媒体和个人，其中前三类传播主体是主要传播者。[①]相关组织应该提升自身的业务能力，充分利用先进的多媒体手段，熟悉对外宣传的路径和规律，研究异域文化的接受度，创新传播内容和方式，讲好沂蒙故事。

沂蒙优秀传统文学作品的翻译和海外出版是海外传播的重点内容。沂蒙文化的海外传播需要遴选文学、诗词、歌曲等优秀文化成果。对外传播的成败全在于取得效果的大小，这和相关内容的对外翻译是分不开的，翻译传播实质上是译者通过翻译策略在翻译过程中与海外读者的互动和关联。儒家文化是沂蒙文化的源头之一。学贯中西的著名学者在儒家经典传播初期起了重要作用，理雅各、辜鸿铭、安乐哲翻译了“四书”“五经”，这是中国经典向西方世界迈出的第一步。进入新时代，经典作品的对外翻译成果不断出现，如外文出版社的“大中华文库”系列汉外对照本，多语种译本有效地促进了中华优秀传统文化的海外传播。中国经典的对外翻译逐渐成为文化交流中的重要环节，相关学者需要担起这一责任，将沂蒙文化相关的各类作品翻译成各国语言，在全球进行传播。对沂蒙文化的翻译需要以系统科学观为指导，结合以读者为对象的文化传播学调查，从“译者译本—读者”多个视角来探究建构文化自信与沂蒙文化走出去的整个过程。沂蒙精神是沂蒙文化的

① 参见刘国贞：《大众文化语境下的红色文化传播研究》，《新闻爱好者》2021年第6期。

精髓，是我国红色文化的重要组成部分，也是新时代应该继承和传播的一个主题内容。通过翻译交流，促进沂蒙精神文化的世界性阅读，最终促进世界文化共同体的形成。

沂蒙题材文学译介乃至讲好中国故事是一个完整的社会叙述行为，需要各方的参与。既然是叙述行为，这行为涉及叙述的各个要素，如时间、地点、人物、事件和结果。翻译行为发生的时间、地点、实施过程都属于翻译行为的有效组成部分。沂蒙题材文学翻译实质上是一个动态的发展过程，在传播的不同阶段，各参与方发挥着不同的作用。在文学的翻译阶段，译者发挥着重要的作用。根据社会叙述理论，译者要根据不同的语言现象进行不同的建构。首先要让外国读者或者是观众看懂，产生亲近感。译者可以更多地把中国文化相关内容比较忠实地传达出来，不能过分拘泥于原文。在沂蒙影视文学的传播阶段，沂蒙演出团体的演员、合作方、宣传部门都发挥着一定的作用。需要寻找译者对字幕的相关内容进行翻译，做好对外宣传。还要主动了解读者或者观众的反馈，如沂蒙舞剧演出之后，演出方以及出版社应该对观众或读者的评论进行问卷调查或者访谈了解情况并根据反馈进行调整。不单单是沂蒙题材文学走出去是如此，讲好中国故事也是这样。

总之，让世界各国人民更好地了解中国，认识中国，从而让世界人民与中国人民共同构建一个更加和谐的世界,构建人类命运共同体,中国文学文化的宣传举足轻重。文学作为一个民族形象的生动反映,是了解一个民族最便捷的途径之一。沂蒙题材文学作为题材地域文学的代表,应该更好地发挥其应有的作用。随着中国经济的进一步发展,综合国力的进一步增强,中国文化的影响力乃至地域文化的影响力,也会进一步增强,其作用也会日益凸显。

附　录

The First Memorial to the King Before Setting Off for War[①]

Your humble servant Liang begs to say:

Our late king passed away before the great undertaking founded by him was half accomplicated. Now China is divided into three kingdoms. Yizhou is drained of its manpower and resources. This is a critical moment of life or death for our country. Bearing the late king's special favor in hearts, the officials at court who guard Your Majesty dare not slacken in their vigilance and the devoted officers and soldiers at the front are fighting bravely disregarding their personal safety. They are now repaying to Your Majesty what they have received from the late king. It is advisable that Your

① 罗经国译《出师表》，节选自《古文观止精选（汉英对照）》，外语教学与研究出版社2005年版。

Majesty should listen extensively to the counsels of officials in order to carry on the late king's lofty virtues, and heighten the morale of people with high aspiration. It is injudicious that Your Majesty should unduly humble yourself, and use metaphors with distorted meanings, lest you should block the way of sincere admonition.

The imperial court and the Prime Minister's Office are an important whole. There should be impartiality in meting out rewards and punishments to officials from either administration. For both those who are treacherous and violate the law and those who are loyal and do some good deed, the same legally appointed officials should pass decision on how to punish or reward. This will make plain the equality and sagaciousness of Your Majesty's rule. There should be neither prejudice nor partiality in Your Majesty's attitude towards the officials inside and outside the court for fear that different laws be put into practice.

Shizhong Guo Youzhi and Fei Yi as well as Shilang Dong Yun are kind and honest men with a strong sense of loyalty. The late king appointed them of your sake, and I respectfully hold that all political affairs at court, regardless of size, be first subjected to their inquiry before actions are taken. In this way can errors be amended, negligence avoided, and greater results attained.

General Xiang Chong is very experienced in military affairs and is kind and just by nature. After evaluating his performance of a trial basis, the late king praised his talent ability. That is why officials have elected him to be commander-in-chief. I humbly suggest that military concerns, regardless of weight, be first met with his consideration. In this way will there be harmony among the troops, and men both capable and incapable will each find his proper place in the camp.

To be close to the virtuous and able officials and keep away from the evil and mean persons. That was the reason that the Western Han Dynasty was prosperous. To be close to the evil and mean persons and keep away form the virtuous and able officials. That was the reason that the East Han Dynasty was collapsed. When the late king was alive and talked with me about these historical lessons, he used to utter a sigh in edtestation for Emperor Hun and Emeror Ling.

Shizhong, Shilang, Zhangshi and Canjun are faithful, upright, and ready to lay down their lives for honor and loyalty. As your humble servant, I hope that Your Majesty will retain close ties to them and trust them. Then can the prosperity of the Han Dynasty be soon realized.

I was originally a farmer who had to wear clothes made of hemp, and tilled land in Nanyang. I merely managed to survive in times of society instability and had no intention of seeking fame and position from princes. With and utter disregard of my low social status and meager fund of knowledge, the late king called on me repeatedly to consult me about the current events of the country. I felt so grateful that I promised to serve him. Soon afterwards since I received my assignment at the time of the setback and was dispatched as an envoy at the moment of crisis. The late king knew my prudence, and entrusted me on his death bed with the duty of assisting Your Majesty in governing the country. Since then I have been worrying and sighing night and day lest I should do harm to the late king's illustrious fame if I fail to be effective. I was thus impelled to lead an army across the Lu River in May and went deep into the barren district. Now the whole south is under our rule and we have plenty of fighters and armaments. It is time to reward our army men and lead them northward to conquer the Central Plains. Although I am inferior in ability like a worn out horse or a blunt knife, I would do my utmost to root out treacherous evildoers, rejuvenate the Han Dynasty, and move the capital back to the old city. I owe this to the late king and wish the demonstrate my loyalty to Your Majesty.

As for government affairs such as the augmentation or repeal of certain measures, or the broadening of the way to receive exhortations, they are the duties of Guo Youzhi, Fei Yi and Dong Yun.

I hope Your Majesty would delegate to me the task of punishing the traitors and rejuvenating the Han Dynasty, If I should fail to achieve this, please punish me as to console the soul of the departed king. If Youzhi, Yi and Yun fail to gather exhortations for the fostering of virtues, they should be held responsible for their negligence. Your Majesty should also make the most of your resources to ask for opinions on governing a country, to judge judiciously and accept good advices, and always bear in mind the imperial edict issued by the late king prior to his death. I this can be achieved, you will have my extreme gratitude.

I will be journeying far, and my eyes are full of tears in writing this memorial upon my departure. I can hardly express what else I should say.

Memorial to the Emperor before the Northern Expedition[①]

I, your humble subject Zhuge Liang, have this to say:

The late Emperor had by far not yet attained his objective of restoring the Han Dynasty before he deceased halfway in his career. Now the country is divided into three camps, and Yizhou has exhausted it resources. It is indeed a critical moment when survival is at stake. However, the royal guards keep vigilant at court while the loyal soldiers with high aim fight selflessly on the battlefield, because they bear in mind the late Emperor's special grace, wishing to repay it to Your Majesty. It would be most judicious that you give more open-minded hearing to your counselors, so as to aggrandize his legacy of noble virtues and heighten the army men's morale. In the meantime, it would be inadvisable to strain your modesty or make inapt remarks, thus blocking faithful remonstrances.

The court and the chancellery are one entity. No difference should be made between them in respect of promoting and commending the good or punishing and criticizing the evil. Those who are guilty of misconduct or

① 谢百魁译《出师表》,节选自《中国历代散文译萃》,中国对外翻译出版公司2014年版。

creditable for devotion and noble character should be referred to the authorities to be penalized or awarded on their merits, so as to manifest Your Majesty's justice and perspicacity. It would be inappropriate to show partiality and make distinction between regulations inside and outside the court.

Ministers such as Guo Youzhi, Fei Yi and Dong Yun, having integrity and probity as well as faith in our cause and purity of mind, were selected by the late Emperor to be used by Your Majesty. I think that they should be consulted on all court affairs, be they great or small, before they are put into execution. This will certainly be conducive to making up for loopholes and defects in our work and to effecting greater successes. General Xiang Chong, a man of good nature, well versed in tactics, formerly used on probation and considered by the late Emperor as capable, has been recommended by all to be the Military Superintendent. In my humble opinion, he should be consulted on all matters concerning the army, be they great or small. This will surely contribute to the harmony in the army and to putting both the superior and the indifferent people in their proper places.

To be close to virtuous courtiers and alien to knavish

ones was what made the Earlier Han Dynasty strong and prosperous, while to be close to knavish courtiers and alien to virtuous ones was what made the Latter Han Dynasty collapse. When the late Emperor was still alive, he did not fail to sign with regret and bear a bitter grudge against Emperors Huan and Ling every time he discussed this history with me. Ministers such as Chen Zhen, Zhang Yi and Jiang Wan are all constant and loyal subjects. It is hoped that Your Majesty will hold them dear and trust them. In that case, the revival of the Han Dynasty can be expected in the nearest future.

I was originally a commoner, tilling my land in Nanyang, trying merely to survive in the troublous times, not seeking to be known to the nobility. The late Emperor, disregarding my humble birth and low position, condescended to pay me three visits in my thatched cottage, consulting me on contemporary issues. I was therefore very grateful to him and promised him my whole-hearted service. Later our army suffered a disastrous defeat, I was appointed as envoy to Wu at the time of the debacle, and was installed in office at a moment of great peril and tribulation. Since then twenty one years have elapsed. Knowing my prudence, the late Emperor entrusted me with that task of great consequence upon his demise. Being thus committed, I have often worried at night, fearing lest I should fail to live up to the trust, reflecting discredit upon His Majesty's sagacity. Consequently, I led the troops to cross the River Lu in the fifth month, penetrating into the depth of the barren land. Now that the southern territory is stabilized and armaments are sufficient, it is high time to reward the army, so as to march north and recover the central part of the country. I wish that I might exhaust my mediocre ability in extirpating the treacherous malefactors and restoring the Han Dynasty with a triumphant re-entry into the lost capital. This is what I should do to repay the kindness of the late Emperor and to perform my duty to Your Majesty. As for handling matters with discretion and weighing advantages and disadvantages as well as making faithful remonstrances, they are the concern of Guo, Fei and Dong. I beg Your Majesty to enjoin upon me the success of the expedition and the revival of the Han Dynasty. Should I fail, then call me to task and have me duly punished, so as to solace the soul of the late Emperor. In the absence of outspoken suggestions regarding the advancement of virtues and morality, Guo, Fei and Dong are to be corrected and to have their fault of remissness made known to everybody.

It would be wise that Your Majesty also give more consideration to State affairs, soliciting the good opinions on conducting the government and accepting with discernment other people's views, so as to realize the late Emperor's wish as expressed in his testament. I shall be most grateful to you for your kindness. Upon my departure to a remote region, I cannot help shedding tears while writing this memorial, not quite clear myself on what I have herein related.

To Lead out the Army①

Your servant Liang advises:

The late Emperor passed away leaving his great enterprise less than half completed. The world is still divided into three, and our base in Shu is beleaguered. At this time our very survival hangs m the balance. Yet the ministers who serve and protect you do not slacken their efforts at court, and loyal and principled officers act selflessly in the field: they will require Your Majesty for the uncommon kindness of the late Emperor. Your Majesty should be truly open minded and attentive if he is to build upon the late Emperor's legacy and put heart

① David E. Pollard 译《出师表》，节选自《古今散文英译集》，香港中文大学出版社1999年版。

into men of honour, he should not demean himself and draw on false analogies in order to put a stop to loyal remonstration.

The palace and the Chief Minister's office are one body: there should be no difference between them over promotions and demotions, favour and disgrace. If there be cases of trickery and misdemeanour on the one hand, and good and loyal service on the other, the matter of punishment and reward should be left to the responsible department of state, in order to demonstrate Your Majesty's fairness and impartiality. No favouritism should be shown, no different rules for the palace and the ministries.

Your Majesty has Guo Youzhi, Fei Yi and Dong Yun to advise him at court. They are all sound men, honest and true in their thoughts and purposes, which is why the late Emperor raised them up to be at your side. In my humble opinion, if they are consulted on all matters at court, great and small, before action is taken, there will be no oversights or shortcomings, and it will be for the greater good.

General Xiang Chong is good character and just in deed. He has a thorough understanding of military affairs. When he was assigned tasks in the past, the late

Emperor commended him as "capable". Therefore he was promoted to be commander-in-chief by common accord. In my humble opinion, if he is consulted on all matters concerning the garrison there will be harmony among the ranks, and the able and less able officers will be assigned their proper place.

The Former Han dynasty prospered because wise and moral counsellors were made welcome and mean and petty men kept at a distance. The Latter Han fell because mean and petty men were made welcome and wise and moral counsellors kept at a distance. Whenever the late Emperor discussed this thing with me, he expressed his exasperation and disgust with the last Han emperors, Huan and Ling for that reason. Your present chief civil and military officers Guo Youzhi, Fei Yi, Chen Zhen, Zhang Yi and Jiang Wan, are all men willing to lay down their lives in the line of duty. If, as I could wish, Your Majesty made them welcome and trusted them, then we could count the days to the rise of the house of Han.

I, your servant, was formerly a commoner who tilled his own fields in Nanyang. I sought only to stay alive in troublous times, and had no ambition to make myself known to our dukes and earls. The late Emperor took no account of my lowly station; he condescended to pay three visits to my rustic dwelling to ask my opinion on current affairs. Out of gratitude I promised to serve the late Emperor unflaggingly. Subsequently his fortunes were reversed, and I was given responsibility in the aftermath of defeat, at a time of peril and disarray. There has been my place for twenty-one years.

The late Emperor, aware of my caution and prudence, entrusted me on his deathbed with a heavy burden. After I received my orders, my nights were all sleepless, from worry that I could not fulfil my trust, and fear that I would tarnish the late Emperor's glory. Hence in the fifth month I crossed the Lu River and led an expedition deep into the wilderness. Now the southern tribes are pacified, our weapons and armour are adequate; the time is ripe to lead our armies north to pacify the Central Plains. I will exhaust my poor skill as a soldier to expel their cruel and traitorous overlords, thus to restore the house of Han and reclaim the ancient capital. In this way I shall do my duty to repay the late Emperor and loyally serve Your Majesty. As to the weighing of the wisdom of policies at home and offering honest counsel, that is the task of Youzhi, Yi and Yun.

I request Your Majesty to place the job of suppressing the bandits and restoring the dynasty in my hands; if I fail to, execute my commission, I will suffer due punishment, to be reported to the spirit of the late Emperor. If beneficial counsel not forthcoming, Yonzhi, Yi and Yun should be blamed for being remiss, and their fault proclaimed. Your Majesty for your part should also take thought for the future, enquire into the principles of good statecraft, judiciously admit good advice, and deeply study the late Emperor's last testament. Your servant would then be eternally beholden to you.

I shall soon be gone afar. As I write this report I cannot hold back my tears, and I hardly know what I write.

参考文献

一、中文文献

（一）著作类

陈林侠：《从小说到电影——影视改编的综合研究》，中国社会科学出版社2011年版。

戴延年、陈日浓：《中国外文局五十年大事记1》，新星出版社1999年版。

傅东华：《飘》，浙江人民出版社1979年版。

辜正坤：《中西文化比较导论》，北京大学出版社2007年版。

韩江洪：《严复话语系统与近代中国文化转型》，上海译文出版社2006年版。

汲广运、王厚香：《沂蒙精神的地域文化渊源研究》，山东人民出版社2017年版。

李存葆：《高山下的花环》，山东人民出版社1982年版。

李文革：《西方翻译理论流派研究》，中国社会科学出版社2004年版。

梁漱溟:《中国文化要义》,上海人民出版社2005年版。

罗新璋编:《翻译论集》,商务印书馆1984年版。

林燕平、董俊峰:《英美文学教育研究》,上海外语教育出版社2006年版。

刘宓庆:《汉英对比与翻译》,江西教育出版社1992年版。

刘滢:《主流媒体对外传播的新媒体策略》,清华大学出版社2018年版。

马祖毅、任荣珍:《汉籍外译史》,湖北教育出版社1997年版。

彭萍:《翻译伦理学》,中央编译出版社2013年版。

彭萍:《社会叙述理论与京剧英译和传播》,中译出版社2019年版。

史安斌主编:《全球传播与新闻教育的未来》,清华大学出版社2014年版。

吴强:《红日》,陕西师范大学出版社2012年版。

吴笛主编:《外国文学经典生成与传播研究》,北京大学出版社2019年版。

谢天振:《译介学》,上海外语教育出版社1999年版。

徐东升、孙海英主编:《沂蒙精神大学生读本》,山东人民出版社2016年版。

许渊冲:《文学与翻译》,北京大学出版社2016

年版。

于永昌等编选:《比较文学研究译文集》,上海译文出版社1985年版。

叶维廉等:《中国古典文学比较研究》,(台北)黎明文化事业股份有限公司1977年版。

[法]梵·第根:《比较文学论》,戴望舒译,商务印书馆1937年版。

[法]马·法·基亚:《比较文学》,颜保译,北京大学出版社1983年版。

[英]蒙娜·贝克:《翻译与冲突:叙述性阐释》,赵文静主译,北京大学出版社2011年版。

[古希腊]亚里士多德:《诗学》,陈中梅译注,商务印书馆1996年版。

山东省档案馆、山东社会科学院历史研究所编:《山东革命历史档案资料选编》(第六辑,1940.10~1941.5),山东人民出版社1982年版。

中国对外翻译出版公司选编:《翻译理论与翻译技巧论文集》,中国对外翻译出版公司1983年版。

中共临沂市委:《沂蒙将军颂》(抗日战争卷),山东文艺出版社1998年版。

(二)期刊论文类

曾利沙:《翻译教学中的预设思维训练——兼论译者主体主观能动性的思维动因》,《外国语言文学》2006年第3期。

陈秀娟:《当代西方世界主义研究》,《哲学动态》

2010年第2期。

程锡麟:《互文性理论概述》,《外国文学》1996年第1期。

范玲娟:《Mona Baker叙事理论的演进及其在翻译研究中的应用》,《浙江外国语学院学报》2015年第1期。

季羡林、许钧:《翻译之为用大矣哉》,《译林》1998年第4期。

刘宝杰:《试论京剧行当和剧目名称翻译》,《中国京剧》1995年第4期。

刘国贞:《大众文化语境下的红色文化传播研究》,《新闻爱好者》2021年第6期。

倪秀华:《建国十七年外文出版社英译中国文学作品考察》,《中国翻译》2012年第5期。

彭萍:《多系统论与中国文化"走出去"》,《河南社会科学》2015年第2期。

徐国珍:《论仿拟造词法的内部理据——汉语造词法理据探析的个案研究》,《汉语学习》2007年第6期。

张美芳、钱宏:《〈翻译与冲突:叙述性阐释〉评介》,《外语教学与研究》2007年第4期。

张艳鸣、曹如国、徐兴余:《地方文献集群对数据库建设的路径和价值分析——"沂蒙地方文献数据库"建设研究》,《图书馆论坛》2009年第3期。

[俄]瓦西里耶夫:《作家和电影》,芊岸译,《世界电影》1983年第3期。

二、外文文献

A. C. Barnes, *Red Sun*, Beijing: Foreign Language Press, 1980.

E. A. Nida and C. R. Taber, *The Theory and Practice of Translation*, Leiden: Brill, 1969.

E. A. Nida, *Language and Culture: Contexts in Translating*, Shanghai: Shanghai Foreign Language Education Press, 2001

Even-Zohar, "Polysystem Theory" , *Poetics Today*, vol. 11, no. 1 (Spring, 1990).

Friedrich Schleiermacher, "On the Different Methods of Translating", in Lawrence Venuti, ed., *The Translation Studies Reader*, London: Routledge, 2004

G. N. Leech, *Semantics*, Harmondsworth: Penguin Books Ltd., 1981.

Malcolm Bradbury, *Thc Modern British Novel*, Beijing: Foreign Language Teaching and Research Press, 2005.

M. Baker, *Translation and Conflict: A Narrative Account*, London and New York: Routledge, 2006.

M. R. Somers, "The Narrative Constitution of Identity: A Relational and Network Approach", *Theory and Society*, vol. 23, no. 5 (1994),

P. Bourdieu, *The Logic of Practice*, Cambridge:

Polity Press, 1990.

Walter Benjamin, "The Task of the Translator", in Rainer Schulte and John Biguenet, eds., *Theories of Translation: An Anthology of Essays from Dryden to Derrida*, Chicago and London: The University of Chicago Press, 1992.

Wolfgang Iser, "The Reading Process: A Phenomenological Approach", in Jane P. Tompkins, ed., *Reader-Response Criticism: From Formalities to Post-Structuralism*, Baltimore and London: The Johns Hopkins University Press, 1980.